J.T. Sheridan Le Fanu

CARMILLA

neu übersetzt von Gisa L. Mertens

Bibliographische Information
der Deutschen Bibliothek:
Die Deutsche Bibliothek verzeichnet diese Publikation in
der Deutschen Nationalbibliographie; detaillierte
bibliographische Daten sind im Internet über
http://dnb.ddb.de abrufbar.

ᚱᚠᛘ
BoGi #17
Copyright © 2022, 2023
2. editierte Auflage
Englisches Original von:
Joseph Thomas Sheridan Le Fanu, 1872
Übersetzung: Gisa L. Mertens, 2021
Herstellung und Verlag:
BoD – Books on Demand, Norderstedt
ISBN: 978-3-743-14335-7

INHALT

Vorwort	7
Ein früher Schrecken	9
Ein Gast	15
Wir tauschen Erfahrungen aus	26
Ihr Betragen - Ein kurzer Spaziergang	38
Eine wundersame Ähnlichkeit	53
Ein sonderbares Leiden	59
Der Niedergang	66
Die Suche	75
Der Doktor	80
Ein schmerzlicher Verlust	88
Die Geschichte	92
Das Ersuchen	98
Der Holzfäller	105
Das Aufeinandertreffen	111
Urteil und Vollstreckung	118
Fazit	123
Anmerkungen	129
Hinweise zur Übersetzung	135
Quellen- und Bildnachweis	135

Carmilla

J. T. Sheridan Le Fanu

1872

⛧

Vorwort

Auf einem der folgenden Erzählung beigefügten Papier hat Doktor Hesselius eine recht ausführliche Notiz hinterlassen, in der er auf sein Essay zu diesem seltsamen Sujet, welches Gegenstand dieses Manuskriptes ist, verweist.

Dieses mysteriöse Thema behandelt er in besagtem Essay mit der ihm so eigenen Belehrsamkeit und seinem bekannten Scharfsinn, und darüber hinaus bemerkenswert direkt und akkurat. Dieses Essay wird nur ein weiterer, kleiner Beitrag in der langen Reihe der gesammelten Werken dieses außergewöhnlichen Mannes darstellen.

Da ich die Geschichte, die diesem Buche zu Grunde liegt, nur veröffentliche, um das Interesse des „Laien" zu wecken, möchte ich der intelligenten Dame, die uns ihre Erlebnisse erzählt, in nichts vorgreifen; und so habe ich - nach reichlicher Überlegung - mich dazu entschlossen, von jeglicher Zusammenfassung der Argumentation des gelehrten Herrn Doktors, als auch von einem noch so geringen Auszug seiner Schlussfolgerungen zu diesem Thema Abstand zu halten; ein Thema, welches, wie er schreibt, „die grundlegendsten Geheimnisse unserer dualen Existenz in all ihren Facetten umfasst."

Während ich diese Akte studierte, war ich darauf bedacht, die von Doktor Hesselius vor vielen Jahren begonnene Korrespondenz mit dieser doch so klugen und umsichti-

gen Person, die seine Informantin wohl gewesen war, wieder aufzunehmen. Zu meinem großen Bedauern musste ich aber erfahren, dass sie in der Zwischenzeit bereits verstorben war.

Höchstwahrscheinlich hätte die Dame jedoch nur noch wenig zu der Geschichte, welche sie auf den folgenden Seiten mit einer – soweit 'ich das beurteilen kann – besonderen Gewissenhaftigkeit erzählt, hinzufügen können.

I
Ein früher Schrecken

In der Steiermark bewohnten wir, auch wenn wir nicht zur Aristokratie gehören, eine Burg oder Schloss. In dieser Ecke der Welt kommt man auch mit einem kleinen Auskommen recht weit. Acht- oder neunhundert im Jahr bewirken hier wahre Wunder. *Daheim* wäre das wohl kaum genug, um als wohlhabend zu gelten. Mein Vater war Engländer und obwohl ich selbst England nie gesehen habe, trage ich doch einen englischen Namen. Hier also in dieser abgelegenen und primitiven Gegend, wo alles so wunderbar erschwinglich ist, konnte ich es mir einfach nicht vorstellen, wie mehr Geld unseren Komfort, unseren Luxus gar, noch irgendwie hätte erhöhen können.

Mein Vater hatte im österreichischen Dienst gestanden und konnte, als er aus dem Dienst schied, von der Prämie und seinem Erbe diese feudale Residenz und das Anwesen, auf dem sie liegt, für ein Schnäppchen erstehen.

Kein malerischerer noch einsamerer Ort, liegt er doch auf einer abgelegenen Anhöhe mitten im Wald. Ein alter, schmaler Weg führt von einer zu meiner Zeit nie geschlossenen Zugbrücke, vorbei an einem von Barschen bewohnten Burggraben. Auf dem ruhigen Gewässer zieht eine Schwanenfamilie zwischen den weißen Flottenverbänden aus Seerosen ihre stillen Bahnen.

Über all dem thront das Schloss und präsentiert seine mit vielen Fenstern verzierte Fassade, seine Türme und eine gotische Kapelle.

Vor dem Tor erstreckt sich zum Wald hin eine unregelmäßige aber sehr malerische Lichtung. Rechter Hand führt eine steile gotische Brücke über einen Bach, der sich im Schatten der Bäume durch den Wald schlängelt. Wie ich bereits erwähnte, ist dies ein sehr einsamer Ort, doch bitte urteilen Sie selbst. Vom Tor aus gesehen erstreckt sich der Wald, der das Schloss umschließt, fünfzehn Meilen nach rechts und zwölf Meilen nach links. Das nächste bewohnte Dorf befindet sich rund sieben ihrer englischen Meilen entfernt zur linken Seite. Das nächste bewohnte Schloss ist das geschichtsträchtige Schloss des alten Generals Spielsdorf, welches nahezu zwanzig Meilen zur Rechten liegt.

Ich sagte das nächste *bewohnte* Dorf, denn es gibt da noch nur drei Meilen westlich, also in Richtung des Schlosses von General Spielsdorf, ein verfallenes Dorf mit einer kleinen altertümlichen Kirche, deren Dach vor langer Zeit einstürzte. In ihrem Seitenschiff verwittern die Gräber der einst stolzen Familie von Karnstein. Die von Karnsteins, die heute ausgestorben sind, waren die Herren des nun ebenso in Ruinen liegenden Schlosses Karnstein, welches inmitten des Waldes über die schweigenden Überreste des Dorfes wacht.

Um die Ereignisse, die zu der Aufgabe dieses bemerkenswerten und melancholischen Ortes geführt haben, rankt sich eine Legende, welche ich Ihnen ein anderes Mal erzählen werde.

Nun ist es aber angebracht, dass ich Ihnen die Bewohner dieses Schlosses, meine kleine Familie vorstelle. Außen vor lasse ich die Bediensteten und deren Angehörigen, die in den zum Schloss gehörigen Quartieren leben.

Hören und staunen Sie! Da sind mein Vater, der wohl liebenswürdigste Mann der Welt, aber in fortgeschrittenem Alter; und ich. Zum Zeitpunkt der Ereignisse war ich erst neunzehn Jahre alt. Acht Jahre ist das nun her.

Ein früher Schrecken

Unsere Familie bestand damals nur noch aus uns beiden. Meine Mutter, eine Dame aus der Steiermark, verstarb in meiner frühesten Kindheit und seitdem – ich kann sagen seit meiner Geburt – hatte ich eine warmherzige Gouvernante. Tatsächlich kann ich an keine Zeit zurückdenken, in der ihr rundliches, gütiges Gesicht nicht Teil meiner Erinnerung ist.

Ihr Name war Madame Perrodon, sie war eine gebürtige Bernerin, die mit ihrer Fürsorge und Güte mir zum Teil meine Mutter ersetzte, welche ich so früh verloren hatte, dass ich mich nicht einmal mehr an sie erinnern kann. Sie war also die Dritte an unserem Tisch. Es gab noch eine weitere Person, und das war Mademoiselle De Lafontaine, eine Dame, die man vielleicht als eine „Hauslehrerin für den letzten Schliff" bezeichnen würden. Sie sprach Französisch und Deutsch, Madame Perrodon sprach Französisch und nur gebrochenes Englisch, mein Vater und ich sprachen im Alltag Englisch miteinander, teils damit wir die Sprache nicht verlernen, teils aus patriotischen Beweggründen. Die Konsequenz war ein Sprachwirrwarr Babels gleich, über das sich Besucher gewöhnlich amüsierten und auf welches ich in dieser Geschichte verzichten werde. Ab und an waren noch zwei oder drei Freundinnen ungefähr in meinem Alter zugegen, die gelegentlich für kürzer oder länger zu Besuch waren, und die ich im Gegenzug zu besuchen pflegte.

Dies also war mein reguläres soziales Umfeld; es gab natürlich noch gelegentliche Besuche von „Nachbarn", die allerdings rund fünf oder sechs Stunden Fußmarsch[i] entfernt lebten. Mein Leben war, ungeachtet dessen, ein recht einsames, das kann ich Ihnen versichern.

Ich war, so muss ich zugeben, ein recht verzogenes Mädchen. Meine Gouvernanten hatten nur gerade soviel

Kontrolle über mich, wie es Damen ihres Standes eben möglich war, ein Kind, dessen einzig verbliebenes Elternteil ihr nahezu alles durchgehen ließ, zu kontrollieren.

Ein frühes Ereignis in meinem jungen Leben, welches mir einen solch furchtbaren Eindruck in meinem Gedächtnis brannte, dass die Erinnerung daran tatsächlich nie ganz ausgelöscht werden konnte, ist einer der frühesten Vorfälle in meiner Kindheit, dessen ich mir überhaupt bewusst bin. Einige mögen es als zu unbedeutend abtun, als dass es an dieser Stelle Erwähnung finden sollte. Doch Sie werden im weiteren Verlauf erkennen, warum ich davon berichte.

Mein Kinderzimmer, das ich für mich alleine hatte, war ein großer Raum im Obergeschoss des Schlosses direkt unter dem spitzen Eichendachstuhl. Ich war nicht mehr als sechs Jahre alt, als ich eines Nachts aufwachte und mich von meinem Bett aus im Zimmer umsah, aber weder Kammermädchen noch mein Kindermädchen ausmachen konnte. Ich glaubte allein zu sein. Nicht dass ich Angst gehabt hätte, gehörte ich doch zu den glücklichen Kindern, die bewusst in Unkenntnis von Geistergeschichten, Märchen und anderen Sagen dieser Art belassen wurden, da solche Geschichten uns Kinder dazu veranlassen, uns unter der Decke zu verstecken, wenn plötzlich eine Tür knirscht oder wenn auf der Wand nahe des Gesichts der Schatten eines Bettpfostens im Licht einer niederbrennenden Kerze tanzt. Vielmehr war ich verärgert und vielleicht beleidigt darüber, dass ich, so wie ich dachte, allein und verlassen war, und so begann ich zu wimmern, war sogar kurz davor in ein herzhaftes Geheul auszubrechen; als ich ganz zu meiner Überraschung ein ernstes, aber sehr hübsches Gesicht neben meinem Bett erblickte. Es sah mich an, das Gesicht einer jungen Dame, die neben dem Bett auf dem Boden kniend mit ihren Händen

Ein früher Schrecken

unter meine Bettdecke fuhr. Ich schaute sie mit einer Art erfreuten Staunen an und hörte auf zu weinen. Zärtlich streichelte sie mich mit ihren schlanken Händen, legte sich zu mir ins Bett und zog mich lächelnd an sich. Sogleich fühlte ich mich wohltuend besänftigt und schlief wieder ein. Doch das Gefühl, als stachen zwei Nadeln tief in meine Brust, ließ mich augenblicklich hochschrecken und laut aufschreien. Die Dame wich zurück und starrte mich mit ihren schönen, kühlen Augen an, glitt dann zu Boden und versteckte sich, wie es mir schien, unter meinem Bett.

Das war das erste Mal in meinem Leben, dass ich wirkliche Angst verspürte, und ich schrie mit aller Macht so laut ich nur konnte. Kindermädchen, Kammermädchen, Haushälterin, alle eilten herbei und machten Licht als sie meine Schilderung hörten, und versuchten so gut, wie sie es vermochten, mich zu beruhigen. Und obwohl ich noch ein Kind war, erkannte ich, wie ihre Gesichter erbleichten und einen seltsamen Ausdruck der Furcht annahmen, ich sah wie sie unter das Bett schauten und sich im Zimmer umblickten, dann unter die Tische spähten und die Schränke aufrissen; und ich hörte, wie die Haushälterin dem Kindermädchen ins Ohr flüsterte: „Legen Sie Ihre Hand hier in die Mulde im Bett; dort *hat* jemand gelegen, da bin ich mir sicher; der Platz ist noch warm."

Ich erinnere mich, wie das Kammermädchen mich streichelte, während die drei meine Brust dort, wo ich gestochen worden war, untersuchten, und wie sie mir dann erklärten, dass es dort keine sichtbaren Anzeichen gäbe, dass mir etwas widerfahren sei. Die Haushälterin und die beiden anderen Bediensteten, die für die Stube zuständig waren, blieben die ganze Nacht bei mir; und von dieser Tag an bis ich ungefähr vierzehn Jahre alt war, wachte jede Nacht ein Dienstmädchen in meinem Kinderzimmer.

Für eine lange Zeit litt ich danach an Nervosität, so sehr dass ein Arzt hinzugezogen wurde. Er war ein blasser, älterer Herr. Gut kann ich mich noch an seine längliche, finstere Miene erinnern, an sein mit leichten Pockennarben übersätes Gesicht und an seine kastanienbraune Perücke. Für eine Weile kam er jeden zweiten Tag und verabreichte mir eine bittere Medizin, welche ich natürlich verabscheute.

Am Morgen nach der Spuk war ich in einem solchen Angstzustand, dass ich es, obwohl es heller Tag war, nicht ertragen konnte, auch nur einen Moment alleine zu sein.

Ich erinnere mich an meinen Vater, der zu mir heraufkam und an meinem Bett stand, und aufmunternd zu mir sprach, und dem Kindermädchen ein paar Fragen stellte, und über eine ihrer Antworten herzlich lachte; und mir auf die Schulter klopfte, und mir sagte, dass ich keine Angst haben muss, dass es nur ein Traum gewesen sei, der mir nichts anhaben könne.

Doch es tröstete mich nicht wirklich, denn ich wusste, der Besuch der befremdlichen Dame war eben *kein* Traum; und ich hatte *schreckliche* Angst.

Das Zimmermädchen versuchte mir auch Trost zu spenden, indem sie mir versicherte, dass es sie gewesen sei, die in jener Nacht nach mir geschaut und sich zu mir ins Bett gelegt hatte, und dass ich sie im Halbschlaf nicht erkannt hätte. Aber auch das, obwohl das Gesagte vom Kindermädchen bestätigt wurde, konnte mich nicht zufrieden stellen.

Gut kann ich mich daran erinnern, wie im Verlauf jenes Tages ein ehrwürdiger alter Mann in einer schwarzen Soutane mit dem Kindermädchen und der Haushälterin auf mein Zimmer kam, und sich ein wenig mit ihnen unterhielt, und dann sehr freundlich mit mir sprach; sein Gesicht war gutmütig und sanft, und er erklärte mir, dass sie beten werden, und legte meine Hände zusammen und bat mich, während sie beteten, leise zu sagen: „Herr erhöre all die Guten, die für uns bitten, um Jesu Willen." Ich bin mir sicher, das war der genaue Wortlaut, da ich die Worte oft für mich selbst wiederholte, und auch mein Kindermädchen war über Jahre hinweg darauf bedacht, dass ich diesen Satz in meine Gebete aufnahm.

Auch in Erinnerung geblieben ist das milde Gesicht jenes alten, weißhaarigen Mannes in schwarzem Priestergewand, der in einem unfreundlich wirkenden, hohen, braunen Raum stand umgeben von klobigem Mobiliar im Stile einer dreihundert Jahre alten Mode und im spärlichen Licht, welches durch ein kleines Gitter in die düstere Atmosphäre eindrang. Er und drei Frauen knieten nieder und er betete mit einer ernsthaften, zittrigen Stimme für, wie es mir erschien, eine sehr lange Zeit. Vergessen habe ich mein Leben vor diesem Ereignis und auch einiges aus der Zeit danach liegt im Dunkeln, doch die Szenen, die ich gerade beschrieben habe stechen lebhaft hervor, wie die einzelnen hellen Bilder einer aus der Dunkelheit entspringenden Phantasmagoria[ii].

II
Ein Gast

Was ich Ihnen nun eröffnen werde, ist so befremdlich, dass es wohl Ihres gesamten Vertrauens in meine Wahrhaftigkeit bedarf, damit Sie diesem Bericht Glauben schenken werden. Es ist, so versichere ich Ihnen, nichts weniger als ein Augenzeugenbericht über das, was ich am eigenen Leib erlebt habe.

Es war ein milder Sommerabend, und mein Vater bat mich, wie er es manchmal tat, ihn auf einem kleinen Spaziergang entlang des Waldrands zu begleiten, welcher sich, wie ich bereits erwähnt habe, unweit vor unserem Schloss auf der anderen Seite der Lichtung befindet.

„General Spielsdorf kann nun doch nicht so bald zu uns kommen, wie ich ursprünglich gehofft habe", eröffnete mir mein Vater während unseres Spaziergangs.

Ursprünglich war es geplant, dass der General uns für ein einige Wochen besuchen kommt, und wir hatten seine Ankunft in den nächsten Tagen erwartet. Eine junge Dame sollte ihn begleiten, seine Nichte und Mündel, Mademoiselle Rheinfeldt. Sie war mir persönlich nicht bekannt, doch sie wurde mir als ein sehr liebreizendes Mädchen beschrieben. So hatte ich mir erhofft, ein paar schöne Tage in ihrer Gesellschaft zu verbringen. Meine Enttäuschung war größer als es sich vielleicht eine junge Frau meines Alters aus einer Stadt oder aus einer geselligen Nachbarschaft vorstellen kann. Der Besuch und die neue Bekanntschaft, welche ich mir davon versprach, waren bereits für viele Wochen Gegenstand meiner Tagträume gewesen.

„Und wie bald kann er denn nun kommen?" wollte ich wissen.

„Nicht vor Herbst, für zwei Monate nicht, befürchte ich", antwortete er und fuhr fort: „Und tatsächlich bin ich jetzt doch sehr erleichtert, meine Liebe, dass du die Bekanntschaft mit Mademoiselle Rheinfeldt noch nicht machen konntest."

„Aber warum?" entgegnete ich, zugleich gekränkt und neugierig.

Ein Gast

„Weil das arme, junge Fräulein leider verstorben ist", erklärte er. „Tut mir Leid, dass ich vergaß, dir davon früher zu erzählen, aber du warst an dem Abend, als mich der Brief des Generals erreicht hatte, nicht anwesend."

Ich war sehr entsetzt. Zwar hatte General Spielsdorf in seinem ersten Brief vor sechs oder sieben Wochen erwähnt, dass es dem Mädchen nicht besonders gut ginge, doch nichts hat auch nur im Entferntesten einen Verdacht auf irgendeine Gefahr gerechtfertigt.

„Hier ist der Brief des Generals", sagte er, als er mir das Schreiben gab. „Ich befürchte, er ist in großer Trauer. Es scheint mir gar, als sei er sehr verstört gewesen, als er diesen Brief aufgesetzt hat."

Wir nahmen auf einer grob behauenen Bank unter zweier majestätischen Linden Platz. Die Sonne ziemte sich an, in all ihrer melancholischen Pracht hinter dem bewaldeten Horizont unterzugehen. Zu unseren Füssen schlängelt sich der eingangs erwähnte Bach, der sich von unserem Schloss kommend, unter der kleinen gotischen Brücke hindurch und sich zwischen den erhabenen Bäumen windend bis hier her seinen Weg bahnte. In seinem fließenden Wasser spiegelte sich das verblassende Abendrot des Himmels. Der Brief von General Spielsdorf war so außergewöhnlich, so vehement und stellenweise widersprüchlich, dass ich ihn mir zweimal durchlesen musste – ein weiteres Mal las ich ihn meinem Vater laut vor – und doch sah ich mich außer Stande, dem Geschriebenen einen Sinn beizumessen, einzig dass man dem General zugestehen musste, dass ein großer Kummer wohl seinen Geist verwirrte hatte.

So schrieb er: „Ich habe meine geliebte Tochter verloren, denn als solche habe ich sie geliebt. Während der letzten

Krankheitstage meiner lieben Bertha war es mir nicht möglich, Ihnen zu schreiben.

„Mir war zuvor nicht bewusst, in welch einer Gefahr sie sich befand. So habe ich sie verloren und nun sollen Sie *alles* erfahren, zu spät. Sie starb in dem Frieden der Unschuld und mit der herrlichen Hoffnung auf eine gesegnete Zukunft. Das Ungeheuer, welches unsere ihr entgegengebrachte Gastfreundschaft so sehr missbraucht hat, hat meiner Bertha das Leben geraubt. Ich war in dem Irrglauben, dass ich in meinem Haus Unschuld, Fröhlichkeit und eine charmante Begleiterin für mein nun verlorenes Mädchen empfinge. Doch Himmel Herrgott! Was für ein Narr ich war nur!

„Ich danke dem Herren, dass mein Kind verstarb, ohne einen Verdacht über die Ursache ihres Leidens gehabt zu haben. Sie ging von uns, ohne auch nur geahnt zu haben, von welcher Natur ihre Krankheit wirklich war, und welcher verfluchten Leidenschaft jenes Wesen nachging, das für all die Qual verantwortlich gewesen ist. Ich werde nun mehr die mir verbleibenden Tage widmen, dieses Monster ausfindig zu machen, um es anschließend auszulöschen. Mir wurde gesagt, dass ich darauf hoffen darf, meine gerechte und barmherzige Bestimmung zu erfüllen. Gegenwärtig jedoch ist kaum ein Lichtstrahl, der mich führen könnte, zu erkennen. Ich verfluche meinen überheblichen Unglauben, mein verabscheuungswürdiges, herablassendes Gehabe, meine Blindheit, meinen Starrsinn – alles – es ist zu spät. Es fällt mir gerade schwer zusammenhängende Gedankengänge zu formulieren, geschweige denn sie niederzuschreiben. Ich bin allzu sehr verwirrt. Sobald ich mich ein wenig erholt habe, werde ich anfangen, Nachforschungen anzustellen, welche mich womöglich bis nach Wien führen werden. Irgendwann im Herbst, vielleicht in zwei Monaten oder früher, falls ich dann noch lebe, werde ich Sie aufsuchen – vorausgesetzt, Sie erlauben; dann werde ich Ihnen all das erzählen, was ich zu diesem Zeitpunkt nicht wage auf Papier zu bringen. Leben Sie wohl. Beten Sie für mich, mein lieber Freund."

Mit diesen Worten endete dieser seltsame Brief und obwohl ich Bertha nie begegnet war, standen mir angesichts dieser unerwarteten Mitteilung die Tränen in den Augen. Ich war erschrocken und zutiefst enttäuscht.

Die Sonne war nun untergegangen, und die Dämmerung setzte ein, als ich das Schreiben des Generals zurückgab.

Es war ein milder, klarer Abend. Über die mögliche Bedeutung dieser gewalttätigen und unzusammenhängenden Sätze, die ich soeben vorgelesen hatte, spekulierend gingen wir langsam zurück. Es war fast eine Meile zu Fuß bis wir den Weg erreichten, der uns zurück zum Schloss führt. Der Mond schien bereits hell, als wir an der Zugbrücke ankamen. Dort trafen wir Madame Perrodon und Mademoiselle De Lafontaine an, die ohne Kopfbedeckung spontan herausgekommen waren, um das exquisite Mondlicht zu genießen.

Als wir näherkamen, vernahmen wir bereits ihren lebhaften Dialog. Wir schlossen uns ihnen an und bewunderten gemeinsam den schönen Ausblick.

Die Lichtung, die wir gerade erst überquert hatten, lag nun vor uns. Zu unserer Linken schlängelte sich der schmale Weg unter den Baumkronen der herrschaftlich anmutenden Bäume und verschwand im sich verdichtenden Wald. Rechts führte jener Weg über die steile und malerische Brücke, in deren Nähe ein verfallener Turm steht, der einst dazu diente, den Pass zu bewachen. Hinter der Brücke aber erhebt sich abrupt eine graue Eminenz, die mit Bäumen bedeckt im Schatten einige graue, mit Efeu bewachsene Felsen zeigt.

Carmilla

Über die Wiesen und Niederungen legten sich dünne Nebelschwaden und verhüllten Entferntes hinter einem zarten Schleier. Hier und dort konnte man den Fluss im Mondlicht glitzern sehen.

Sachter, gar lieblicher konnte der Anblick kaum sein. Die traurigen Neuigkeiten, die ich während unseres Spaziergangs erfahren hatte, gaben der Szenerie eine schwere Melancholie; doch nichts konnte den Charakter dieser tiefen Gelassenheit, dieser bezaubernden Herrlichkeit und der Unbestimmtheit dieses Panoramas stören.

Mein Vater, der das Pittoreske[iii] zu schätzen wusste, und ich standen stillschweigend da und schauten über die Weite unter uns. Die beiden guten Gouvernanten, die ein Stück abseits standen, sprachen über den Ausblick und waren vom Mond fasziniert.

Madame Perrodon war eine rundliche Frau mittleren Alters und durchaus romantisch veranlagt. Sie redete und seufzte poetisch. Mademoiselle De Lafontaine – ganz nach ihrem Vater, einem Deutschen, von dem man sagte, dass er Psychologe, Metaphysiker und eine Art Mystiker gewesen sei – erklärte, dass der Mond, wenn er mit einem solch intensiven Licht schien, bekannterweise auf eine besondere spirituelle Aktivität hinwies. Die Wirkung des Vollmonds in einem solchen Zustand der Brillanz sei sehr weitreichend, er wirke auf Träume, und auf den Wahnwitz, auch wirke er auf Menschen, die zu Nervosität neigten. Er habe darüber hinaus auch wunderbare Einflüsse auf alles mit dem Leben verbundene Körperliche. Mademoiselle wusste von ihrem Cousin zu berichten, der einst als Steuermann auf einem Handelsschiff sich in einer solchen Nacht an Deck ein Nickerchen erlaubte. Auf dem Rücken liegend lag seinen Gesicht im hellen Licht des Vollmonds. Er erwachte aus einem

Ein Gast

schrecklichen Albtraum, in dem ihm wohl eine alte Frau das Gesicht zerkratze, und tatsächlich war sein Gesicht seitdem vom Horror entstellt und er habe niemals mehr seine Contenance wiedergefunden.

„Der Mond, diese Nacht", resümierte sie, „ist erfüllt von idyllischen und magnetischen Einflüsse. Schauen sie nur hinter sich. Die Fassade des Schlosses; sehen Sie, wie all die Fenster in diesem silbernen Glanz blinken und funkeln, so als hätten unsichtbare Helfer Lichter gesetzt, um mystische Gäste zu empfangen."

Es gibt diese Momente des trägen Schweigens, in denen man selbst nicht gewillt ist, zu sprechen, die Gespräche anderer aber unseren lustlosen Ohren wohltun. So schaute ich mit dem angenehmen Plätschern der Konversation der beiden Damen im Ohr weiter in die Ferne.

„Der Trübsal hat mich heute Nacht erfasst", brach mein Vater sein Schweigen. Shakespeare zitierend, dessen Werke er, um so unser Englisch aufrecht zu erhalten, in der Regel laut vorlas, fügte er hinzu:

„*»Fürwahr, ich weiß nicht, was mich traurig macht;*
Ich bin es satt; Ihr sagt, das seid ihr auch.
Doch wie ich dran kam, wie mir's angeweht«[iv]

„Den Rest habe ich vergessen. Doch ich werde das Gefühl nicht los, es droht uns ein großes Unheil. Vermutlich hat der Brief des armen Generals damit zu tun."

Just in diesem Augenblick erregte das Geräusch von Wagenrädern und Hufen unsere Aufmerksamkeit.

Der Lärm kam von der Anhöhe hinter der Brücke. Er wurde lauter und kurz darauf erschien die dazugehörige Equipage[v] ebendort. Zuerst erreichten zwei Reiter die Brücke, darauf folgte ein Gespann mit vier Rappen[vi] und im Anschluss zwei weitere Reiter.

Carmilla

Es hatte den Anschein, als dass die Kutsche einer Persönlichkeit von Rang gehörte. Unverzüglich waren wir alle in den Bann dieses recht ungewöhnlichen Schauspiels gezogen, das in nur wenigen Augenblicken eine noch wesentlich dramatischere Wendung nehmen sollte. Gerade als die Kutsche den höchsten Punkt der steilen Brücke überwunden hatte, scheute eines der vorderen Pferd und gab seine Panik an das Gespann weiter, so dass die Pferde ein- zweimal ausschlugen, um dann allesamt in wildem Galopp auszubrechen. Sie rasten an den beiden Vorreitern vorbei und stürmten wie ein donnernder Wirbelsturm auf uns zu.

Die Dramatik der Szene wurde um so deutlicher als die hellen, langgezogen Schreie einer weiblichen Stimme aus dem Fenster der vorbeirasenden Kutsche zu uns drangen. Neugierig wie entsetzt liefen wir der Kutsche nach; ich eher schweigend, die anderen rufend und schreiend.

Die Anspannung fand ein schnelles Ende. Kurz bevor man die Zugbrücke des Schlosses aus unserer Richtung erreicht, stehen sich dort auf halber Strecke eine prächtige Linde und ein altes Steinkreuz gegenüber. Im Angesicht des Kreuzes schlugen die Pferde einen Bogen, so dass ein Rad in dem atemberaubenden Tempo auf eine der aus dem Boden ragenden Wurzeln schlug.

Ich ahnte, was kommt sollte, und um es nicht mit anzusehen zu müssen, schlug ich mir meine Hände vor mein Gesicht und wandte mich ab. In diesem Moment hörte ich die Schreie meiner beiden Gouvernanten, die bereits weiter voraus gelaufen waren.

Meine Neugier lies mich meine Augen wieder öffnen und vor mir bot sich ein heilloses Durcheinander dar. Zwei der Pferde waren zu Boden gestürzt, die Kutsche lag mit zwei Rädern in der Höhe auf der Seite. Die Männer waren

Ein Gast

bereits damit beschäftigt, die Sachen zu richten, und eine Dame mit einer gebieterischen Miene und Gestalt war ausgestiegen und stand mit gefalteten Händen da. Ab und an führte sie ein Taschentuch zu ihren Augen.

Durch die Wagentür wurde nun eine junge scheinbar ohnmächtige Dame geborgen. Mein lieber alter Vater näherte sich mit seinem Hut in der Hand der älteren Dame und bot offenbar Hilfe und die Ressourcen des Schlosses an. Die Dame reagierte allerdings nicht. Sie hatte ihre Augen nur auf das schlanke Mädchen gerichtet, das nun an der Uferböschung niedergelegt wurde.

Ich kam näher. Die junge Dame war offensichtlich benommen, aber sicherlich nicht tot. Mein Vater, der in sich selbst eine Art Doktor sah, hatte bereits seine Finger an ihrem Handgelenk und versicherte der Dame, die sich als die Mutter ausgab, dass der Puls zwar schwach und unregelmäßig, aber zweifelsohne spürbar war. Die Dame faltete daraufhin die Hände und blickte, wie von Dankbarkeit erfüllt, gen Himmel; verfiel anschließend jedoch sofort in ein theatralisches Gehabe, welches, so glaube ich, manchen Menschen wohl angeboren zu sein scheint.

Sie war, wie man sagt, eine für ihr Alter gutaussehende Frau und mag früher bestimmt sehr hübsch gewesen sein. Sie war hochgewachsen, aber nicht zu dünn, gekleidet in schwarzem Samt, was ihr eine blasse aber auch stolze und bestimmende Kontenance verlieh, selbst jetzt noch wo sie doch offensichtlich etwas aus der Fassung war.

„Wer war jemals so sehr zum Unglück verdammt?", hörte ich sie die Hände zusammenschlagend klagen, während ich auf sie zuging. „hier stehe ich nun, während einer Reise, bei der es um Leben und Tod geht, in der eine Stunde zu verlieren, womöglich bedeutet, alles zu verlieren. Mein

Kind wird sich für wer weiß wie lange nicht ausreichend erholt haben, um die Reise fortsetzen zu können. Ich werde sie hier zurücklassen müssen. Ich kann mich, ich darf mich nicht verspäten. Wie weit, kann der Herr mir sagen, wie weit es bis zum nächsten Dorf ist? Ich werde sie dort einquartieren müssen; und werde von mein Liebling bis zu meiner Rückkehr in drei Monaten nichts hören können."

Ich zupfte am Rock meines Vaters und flüsterte ihm aufgeregt ins Ohr: „Oh, Papa! Bitte, frag sie, ob das Mädchen nicht bei uns bleiben kann – das wäre wirklich herrlich. Bitte frag' sie schon."

„Wenn Madame ihr Kind der Obhut meiner Tochter und ihrer guten Gouvernante, Madame Perrodon, anvertrauen wollen und ihr erlauben, bis zu ihrer Rückkehr unter meiner Aufsicht als unserer Gast zu bleiben, wäre dies für uns Auszeichnung und Verpflichtung sogleich und wir werden sie mit aller Sorgfalt und Hingabe behandeln, wie es ein solch heiliges Vertrauen bedingt."

„Das kann ich unmöglich annehmen, mein Herr, bedeutete es nicht, Ihre Güte und Ritterlichkeit schamlos auszunutzen", entgegnete die Dame zerfahren.

„Aber ganz im Gegenteil, sie erwiesen uns einen großen Gefallen und zwar zu einem Zeitpunkt, da wir einen solchen benötigen. Sehen Sie gerade heute hat uns ein schrecklicher Schicksalsschlag um einen angekündigten Gast beraubt, von dessen Besuch sich meine Tochter doch soviel erhofft hatte. Gäben Sie Ihre Tochter nun in unsere Obhut, wäre es ihr sicherlich ein unermesslicher Trost. Das nächste Dorf auf Ihrer Route ist weit und bietet nicht einmal ein Gasthaus, in dem Ihre Tochter adäquat Quartier beziehen könnten. Unmöglich können Sie dem Kind eine Weiterreise über eine beträchtliche Entfernung erlauben, ohne ihr Wohlbefinden

Ein Gast

zu gefährden. Wenn, wie Sie sagen, Ihre Reise keinen Aufschub erlaubt, werden Sie sich wohl noch heute Nacht von ihr trennen müssen, und nirgends können Sie sie mit einer ehrlicheren Zusicherung der Pflege und Zuneigung unterbringen als hier bei uns."

Etwas hatte das Betragen und die Erscheinung der Dame an sich, etwas so vornehmes, nahezu imposantes, und in Ihrer Art so engagiertes, so dass man, die Erhabenheit der Equipage außen vorgelassen, zu der Überzeugung kommen musste, einer Persönlichkeit von Macht und Konsequenz gegenüber zu stehen.

In der Zwischenzeit hatte man die Kutsche wieder aufgerichtet und die Pferde in ihr Geschirr eingespannt.

Die Dame warf ihrer Tochter einen Blick zu, von dem ich dachte, dass er nicht ganz so liebevoll sei, wie man es von den Umständen her erwartet hätte. Daraufhin winkte sie meinem Vater mit einer leicht angedeuteten Handbewegung zu sich und zog ihn zwei oder drei Schritte außer Hörweite. Mit ernstem und strengen Gesicht wechselte sie mit ihm ein paar Worte. Ihre plötzliche Eindringlichkeit passte irgendwie überhaupt nicht zu der theatralischen Art, mit der sie bisher gesprochen hatte.

Ich war erstaunt, dass mein Vater die Veränderung in ihrer Art anscheinend gar nicht wahrgenommen hatte. Gleichzeitig war ich äußerst neugierig zu erfahren, was es wohl war, das sie ihm mit einer solchen Ernsthaftigkeit und Schnelligkeit zugeflüstert hatte.

Höchstens zwei oder drei Minuten dauerte das Gespräch zwischen den beiden, dann drehte sie sich abrupt um und mit ein paar wenigen Schritten war sie dort, wo ihre Tochter lag und von Madame Perrodon umsorgt wurde. Sie kniete sich für einen Moment neben sie und flüsterte, wie Madame später vermutete, einen kleinen Segen in das Ohr des regungslosen Mädchens; so dann küsste sie ihre Tochter hastig auf die Wangen und stieg in die Kutsche. Die Tür wurde geschlossen, die Diener in ihren stattlichen Uniformen sprangen auf, die Vorreiter gaben den Pferden die Sporen und der Kutscher ließ die Peitsche knallen. Ruckartig legten sich die Pferde in das Geschirr und gingen als dann in einen solch kräftigen Schritt los, dass er beinah in einen Galopp überzugehen drohte. Die Kutsche zog davon, gefolgt von den beiden anderen Reitern.

III
Wir tauschen Erfahrungen aus

Wir schauten dem *Cortège*[vii] nach, bis es kurz darauf im nebligen Wald verschwand und der Widerhall der Hufen und Räder in der stillen Nacht verstummte.

Nichts blieb zurück, was als Beweis hätte herhalten können, dass das soeben Geschehenen mehr als nur eine momentane Illusion gewesen war. Außer natürlich die Anwesenheit der jungen Dame, die gerade in diesem Augenblick ihre Augen öffnete. Ihr Gesicht war von mir abgewandt, doch ich sah, wie sie den Kopf hob und offensichtlich ihre Orientierung suchte. Eine lieblich klingenden Stimme fragte vorwurfsvoll: "Wo ist Mama?"

Unsere gute Madame Perrodon antwortete zuwendend und fügte einige Beschwichtigungen bei. Doch das Mädchen hatte weitere Fragen: „Wo bin ich? Warum bin ich hier draußen?", und weiter: „Die Kutsche, wo ist die Kutsche und Matska? Wo ist sie?"

Madame versucht so gut sie konnte, die Fragen zu beantworten, und Stück für Stück kamen dem Mädchen die Ereignisse, die sie in diese Lage versetzt hatten, zurück in die Erinnerung. Sie war erleichtert, zu erfahren, dass niemand, weder der Anwesenden noch der Mitreisenden, verletzt wurde. Als ihr eröffnet wurde, dass ihre Mutter sie hier zurücklassen musste und ihre Rückkehr erst in drei Monaten erwartet wurde, weinte sie bitterlich.

Auch ich wollte ihr, zusätzlich zu dem bereits von Madame Perrodon gespendeten Trost, zureden, doch Mademoiselle De Lafontaine legte ihrer Hand auf meinen Arm und sagte: „Bleib' zurück, ein weiteres neues Gesicht heute Abend ist vielleicht mehr als sie verkraften kann. Sie braucht erst einmal Ruhe. Weitere Aufregung könnte ihr möglicherweise schaden."

Sobald sie sicher auf ihrem Zimmer sei, so dachte ich bei mir, werde ich zu ihr eilen, um mich vorzustellen.

Mein Vater hatte in der Zwischenzeit nach einem Arzt geschickt, der gut sechs Meilen entfernt lebte und Bediensteten wurde aufgetragen, ein Schlafzimmer für die junge Dame herzurichten.

Die Fremde stand nun vorsichtig auf und ging, von Madame gestützt, über die Zugbrücke durch das Schlosstor.

In der Halle wurde sie von einem wartenden Dienstmädchen empfangen, welches sie als dann auf ihr Zimmer geleitete.

Wir aber begaben uns in den Raum, der uns für gewöhnlich als Salon diente. An seiner langen Seite hat er vier große Fenster, welche über den Schlossgraben, die Zugbrücke und auf die bereits beschriebene Waldszene schauen.

Der Salon mit alter geschnitzter Eiche ausgestattet war mit großen Eichenschränken und Stühlen, die mit purpurrotem Utrechter Samt gepolstert sind, möbliert. An seinen Wänden hingen große, in schweren Goldrahmen gefasste Gobelins[viii], in denen lebensgroße Figuren in alten, seltsam anmutenden Kostümen gezeigt wurden. Die Themen der Szenen reichten von der Jagd über die Falknerei zu verschiedenen festlichen Anlässen. Nichtsdestotrotz war der Salon nicht zu pompös, als dass man es sich nicht wunderbar in ihm bequem machen könnte. Hier nahmen wir alltäglich unseren Tee zu uns, bestand mein Vater doch, neben seinen patriotischen Lehrstunden, auch darauf, dass unser Nationalgetränk, neben dem üblichen Kaffee und der Schokolade, Bestandteil unserer alltäglichen Routine war.

Dort also saßen wir in jener Nacht bei Kerzenschein zusammen und unterhielten uns über die Ereignisse des Abends. Madame Perrodon und Mademoiselle De Lafontaine waren ebenfalls anwesend. Die junge Dame war, kaum dass sie sich zu Bett begeben hatte, in einen tiefen Schlaf gefallen, so dass die beiden Damen eine Dienerin mit der Nachtwache beauftragt hatten.

„Wie gefällt Ihnen unser Gast?", wollte ich wissen, als sich Madame zu uns gesellte. „Erzählen Sie mir alles, was sie über sie wissen!"

„Oh, sie gefällt mir außerordentlich gut", antwortete Madame, „sie ist, glaube ich, das hübscheste Geschöpf, das ich jemals gesehen habe. Sie ist in etwa in ihrem Alter und so vornehm und liebreizend."

„Sie ist eine absolute Schönheit", warf Mademoiselle ein, die bei Gelegenheit einen Blick in das Zimmer der Fremden geworfen hatte.

„Und sie hat eine so sanfte Stimme", fügte Madame Perrodon hinzu.

„Aber sagen Sie, haben Sie auch die andere Frau im Inneren der Kutsche bemerkt, die nicht einmal während des Aufstellens der Kutsche ausstieg, sondern nur aus dem Fenster schaute", fragte Mademoiselle in die Runde.

Da uns keine weitere Person aufgefallen war, beschrieb Mademoiselle ihre Beobachtungen. Eine abscheuliche Frau in Schwarz mit einer Art farbigem Turban auf dem Kopf, habe sie gesehen. Diese habe die ganze Zeit aus dem Wagenfenster geschaut. Mit einem lodernden Blick und mit großen, weißen Augäpfeln habe sie den Damen spöttisch zugenickt. Dabei habe ihr fieses Grinsen die Zähne wie vor Wut gefletscht zum Vorschein kommen lassen.

„Ist ihnen auch aufgefallen, was für ein wüster Haufen das Personal war?", frage Madame Perrodon nach.

„Aber ja", stieg mein Vater in das Gespräch ein, „ein hässlicheres, jämmerlicheres Pack ist mir in meinem Leben noch nicht untergekommen. Ich hoffe nur, dass das Gesindel die Dame im Wald nicht ausraubt. Allerdings muss man ihnen zugestehen, dass sie sehr geschickt waren. Binnen weniger Minuten hatten sie alles wieder hergerichtet."

„Ich vermute, dass sie einfach nur von der zu langen Reise erschöpft waren.", erläuterte Madame Perrodon.

„Neben dem verschlissenen Erscheinungsbild sahen auch ihre Gesichter so seltsam ausgezehrt, dunkel und trübe aus. Ich muss zugeben, ich bin doch sehr neugierig, was die junge Dame, wenn sie sich ausreichend erholt hat, uns morgen zu berichten weiß."

„Nicht viel, befürchte ich", entglitt meinem Vater, dabei lächelte er mit einem kurzen Kopfnicken geheimnisvoll, so als wenn er mehr wisse, es uns aber nicht sagen wolle. Das wiederum stachelte unsere Neugier an, insbesondere in Bezug auf das kurze, aber ernsthaften Gespräch, welches zwischen ihm und der Dame unmittelbar vor deren Abreise stattgefunden hatte.

Kaum dass mein Vater und ich alleine waren, brachte ich diesen Wortwechsel zur Sprache. Es brauchte aber so gut wie keinen weiteren Nachdruck meinerseits, bereitwillig eröffnete er: „Es gibt keinen besonderen Grund, warum ich es dir nicht sagen sollte. Die Dame brachte ihre Bedenken zum Ausdruck, uns mit der Fürsorge ihre Tochter zu belasten. Ihr Kind habe, so sagte sie, eine fragile Gesundheit und neige zur Nervosität. Ohne dass ich nachfragen musste, versicherte sie mir aber, dass keine Anfälle irgendeiner Art oder Wahnvorstellungen drohten. Sie sei in der Tat vollkommen gesund."

„Wie sonderbar, all das zu erwähnen!", schob ich ein, „So unnötig!"

„*Das* ist, was gesagt wurde", lachte er, „und wenn du alles wissen willst, was sie mir noch mitgegeben hat, und das war nicht viel, so möchte ich es dir auch gerne sagen. Sie sagte daraufhin: »*Ich befinde mich in größter Eile und auf einer langen Reise von überlebenswichtiger Bedeutung*«, und dabei legte sie eine besondere Betonung auf „Überleben". Dann fügte sie noch hinzu: »*Meine Mission ist geheim. In drei Monaten werde ich zurück sein, um mein Kind abzuholen, bis dahin, wird sie sich in Hinsicht auf unsere Identität, Herkunft und die Ziele meiner Reise ausschweigen.*« Das war soweit alles, was sie mir noch gesagt hat. Sie sprach perfektes Französisch und nach dem Wort „geheim" hat sie eine bedeutungsvolle Pause eingelegt, in der Sie mich bemessend ansah, wahrscheinlich um dem Ganzen mehr Gewicht zu verleihen. Du hast ja gesehen, wie schnell sie wieder verschwunden waren. Ich hoffe nur, dass es kein Fehler war, so leichtfertig die Verantwortung für die junge Dame zu übernehmen."

Ich – für meinen Teil – aber war begeistert. Ich sehnte mich danach, endlich mit dem unbekannten Gast sprechen zu dürfen, wartete ich doch nur darauf, das der Doktor es zuließ. Sie, die sie in den Städten leben, machen sich wahrlich kein Bild davon, welch ein großes Ereignis eine neue Bekanntschaft in einer so abgelegenen Gegend wie der unsrigen darstellt.

Der Doktor kam erst kurz vor eins an; doch ich konnte so wenig zu Bett gehen und schlafen, wie ich die Kutsche, in der die geheimnisvolle Adelfrau in ihrem schwarzen Samtkleid entschwunden war, zu Fuß hätte einholen können.

Als der Arzt endlich zu uns herunter in den Salon kam, wusste er nur Positives von seiner Patientin zu berichten. Sie hatte sich bereits wieder aufgesetzt, ihr Puls war ziemlich regelmäßig, und es ginge ihr offensichtlich gut. Sie hatte keine Verletzung erlitten und den Schock gut überwunden. Es könne sicher nicht schaden, wenn ich sie nun besuchte, sofern denn das Mädchen damit einverstanden sei. Mit dieser Erlaubnis schickte ich sofort eine Dienerin, um in Erfahrung zu bringen, ob ich unseren Gast für ein paar Minuten in ihrem Zimmer besuchen dürfe.

Kurz darauf richtete mir das Dienstmädchen aus, dass das Fräulein auf sei und sich nichts sehnlicher wünsche, als meine Bekanntschaft zu machen.

Sie können sich sicher sein, dass ich diesem Wunsch augenblicklich nachkam.

Unsere Besucherin wurde in einem der prächtigsten Gemächer des Schlosses einquartiert. Es war vielleicht sogar ein wenig zu herrschaftlich. Dem Bettende gegenüber befand sich ein düsterer Gobelin, der Kleopatra[ix] mit der Giftschlange an ihrem blanken Busen zeigte. An den anderen Wänden befanden sich weitere Werke, die – ein wenig verblasst – weitere feierliche Szenen der Klassik wiedergaben. Dazu gab es Goldschnitzereien und andere farbenfrohe und abwechslungsreiche Dekorationen im Raum, welche die Schwermut, die von dem alten Wandteppich ausging, mehr als nur ausglichen.

Als ich den Raum betrat, saß sie aufrecht mit dem Rücken zu mir auf der Bettkante auf der anderen Seite des Bettes und neben ihr auf dem Nachttisch brannten zwei große Kerzen. Unter dem seidenen, mit Blumen bestickten und mit gesteppten Seidenfutter versehenen Morgenrock, welchen ihre Mutter ihr übergeworfen hatte, als sie bewusstlos am Wegesrand auf dem Boden lag, konnte ich ihre schlanke, schöne Figur erahnen.

Freudig ging ich um das breite, mit schwerer Bettwäsche ausgestattete Bett, um mich ihr vorzustellen. Doch wie ich mich zu ihr drehte, verschlug es mir die Sprache und ich musste ein oder zwei Schritte zurückweichen. Sie war es!

Ich erkannte sie sofort, es war die junge Frau, die mich seinerzeit in meiner Kindheit des Nachts besucht hatte. Ihr Gesicht war es, das sich so sehr in meinem Gedächtnis verankert hatte, dass es mich zu meinem Entsetzen über all die Jahre hinweg immer wieder in meinen Träumen verfolgt hatte, ohne dass ich jemals einem anderen Menschen davon erzählte habe.

Sie war sehr hübsch, wunderschön sogar und sie trug den selben melancholischen Ausdruck wie damals, als wir uns das erste Mal gegenüber saßen.

In dem Augenblick, als sich unsere Blicke trafen und auch sie mich wiedererkannte, hellte ihr Gesichtsausdruck mit einem eigenartig festen Lächeln auf.

Für eine volle Minute herrschte Schweigen zwischen uns, dann endlich ergriff sie das Wort; wozu ich nicht in der Lage war.

„Wie wunderbar!", rief sie aus, „Vor zwölf Jahren ist mir dein Gesicht schon einmal in einem Traum begegnet, seitdem hat es mich nicht mehr losgelassen."

„Ja, in der Tat, sehr wunderbar!", wiederholte ich den Schrecken, der mir die Sprache verschlagen hatte, mühsam überwindend. „Zwölf Jahre sind es. Damals bist mir im Traum oder im Wachen ganz sicher begegnet. Auch ich habe dein Gesicht nie vergessen können und es ist mir seitdem auch immer wieder vor den Augen gewesen."

Ihr Lächeln war weicher geworden. Was auch immer ich zuvor als eigenartig empfunden hatte, war verschwunden und im Zusammenspiel mit den Grübchen ihrer Backen sah ihr Antlitz nun entzückend, klug und bezaubernd aus. Auf ihrem Hals zierte keck ein kleines Muttermal ihre sonst tadellose, gleichmäßige Haut.

Langsam fand ich meine Selbstsicherheit wieder und fuhr in der Rolle der Gastgeberin fort. Ich hieß sie willkommen und versicherte Ihr welch große Freude ihre zufällige Ankunft uns allen bereitet habe; vor allem, was für ein Glück es für mich bedeutete.

Während ich zu ihr sprach, hatte ich wie selbstverständlich ihre Hand ergriffen. Normalerweise war ich eher schüchtern, so wie es einsame Mädchen eben sind, doch die Situation hatte mich zu meinem Erstaunen nicht nur eloquent sondern sogar mutig gemacht. Sie drückte mir meine Hand und legt ihr andere Hand auf unsere Verbindung. Ihre Augen leuchteten förmlich auf als sich unsere Blicke erneut trafen, dabei lächelte sie wieder und errötete leicht.

Carmilla

Sehr liebenswürdig beantwortete sie mein Willkommen und ich nahm, noch immer über meinen Mut erstaunt, neben ihr auf dem Bett Platz. Hände haltend und mit einem konzilianten[x] Lächeln, welches von einem interessierten und auffordernden Augenaufschlag begleitet wurde, eröffnete sie:

„Darf ich dir von meiner Vision, die ich von dir hatte, erzählen? Ist es nicht sehr seltsam, dass du und ich, dass wir beide einen so lebhaften Traum hatten, in dem wir uns als jeweils so sahen, wie wir uns jetzt sehen, obwohl wir damals doch beide noch kleine Kinder waren? Ich war damals noch so jung, etwa sechs Jahre alt, als ich von einem wirren und verstörenden Traum erwachte und mich in einem fremden Raum wiederfand. Es war düster und das Zimmer war nur notdürftig mit dunklem Holz ausgestattet. Es gab Schränke und Bettgestelle, auf denen Stühle und Bänke gestapelt waren. Die Betten glaubte ich leer und ich fühlte mich allein. So schaute ich mich eine Zeit lang um und bewunderte einen eisernen Kerzenständer, den ich bestimmt an seinen zwei besonderen Armen wiedererkennen würde. Um zu einem Fenster auf der anderen Seite eines zugestellten Bett zu gelangen, kroch ich unter diesem her. Doch als ich auf der anderen Seite wieder hervor kam, hörte ich plötzlich ein trauriges Schluchzen, noch auf den Knien, drehte ich mich und schaute auf. Und da sah ich dich. Ich bin mir ganz sicher, dich sah ich, so wie du jetzt bist; diese wunderschöne junge Dame, mit ihren goldenen Locken und mit großen blauen Augen, und Lippen – deine weichen, leicht geöffneten Lippen – ich sah dich, so wie du hier neben mir sitzt." Ihre Hand streichelte sanft meine errötende Wange, während ihr Daumen sie kaum berührend über meine Lippen fuhr.

„Dein lieblicher Anblick hatte mich sofort vereinnahmt und so kletterte ich zu dir in das Bett und umarmte dich. Du hast mich an dich gezogen und mit meinem Kopf an deinem Busen bin ich eingeschlafen. Doch dann hat mich ein Schrei aufschrecken lassen, du hattest mich weggestoßen und saßt schreiend aufrecht im Bett. Die Angst packte mich und ich glitt zurück auf den Boden unter das Bett. Dort, so schien es mir, verlor ich für einen Augenblick mein Bewusstsein, und als ich wieder zu mir kam, war ich wieder zuhause in meinem Kinderzimmer. Das Gesicht der schönen, jungen Frau, dein Gesicht, das aber habe ich seitdem nicht mehr vergessen. Eine Verwechslung ist ausgeschlossen. *Du bist* die Dame, der ich damals begegnet bin."

Nun war es an mir, meine Version jener Nacht zu erzählen, ganz zu dem unverhüllten Erstaunen meiner neuen Bekanntschaft.

„Ich weiß nicht, wer sich vor der anderen mehr zu fürchten hat", sagte sie lächelnd. „Wärst du weniger hübsch, so ich glaube, hätte ich große Angst vor dir. Aber jetzt, wo ich dich hier neben mir sehe, und obwohl wir beide noch so jung sind, fühlt es sich an, als dass wir uns bereits seit einer Ewigkeit kennen, und dass es nun an der Zeit ist Freundschaft zu schließen. Nach alledem schaut es doch so aus, als seien wir seit unserer Kindheit für einander bestimmt. Ich hoffe innigst, dass auch du dich so wundersam zu mir gezogen fühlst, wie ich mich zu dir. Ich hatte noch nie eine wahre Freundin – ob ich in dir wohl eine solche gefunden habe?" Sie seufzte sehnsüchtig und ihre schönen, dunklen Augen sahen mich leidenschaftlich an.

Nun die Wahrheit ist, ich war mir über meine Gefühle für die fremde, junge, bildschöne Frau nicht im Klaren. Ich fühlte mich durchaus, wie sie es ausdrückte *zu ihr hingezogen*, war aufgeregt neugierig, doch gleichzeitig war dort aber auch etwas Abstoßendes. In diesen Zwiespalt war es dann jedoch ihre Anziehungskraft und meine Neugier, die sich schließlich durchsetzten. Ich interessierte mich offen für sie und ließ es so zu, von ihr erobert zu werden. War sie doch so wunderschön und hingebungsvoll.

Ich bemerkte Anzeichen der Trägheit und Erschöpfung an hier und wünschte ihr hastig eine gute Nacht.

„Der Herr Doktor schlug vor," fügte ich abschließend unserem Gespräch hinzu, „dass eine Magd heute Nacht bei dir bleibt. Eine Zimmermädchen steht bereit, und sie wird sich dir als sehr hilfreich erweisen und sie wird auch ganz bestimmt sehr leise sein."

„Wie gütig, doch ich könnte sicherlich nicht schlafen, das konnte ich noch nie, wenn Bedienstete anwesend sind. Auch werde ich keine Hilfe benötigen. Ich fürchte mich – so muss ich dir eine meiner Schwäche eingestehen – schrecklich vor Räubern. Du musst wissen, dass unser Haus einmal ausgeraubt wurde und dabei zwei unserer Dienstmädchen ermordet wurden. Seitdem verriegele ich jeder Nacht, wenn ich mich schlafen lege, die Tür zu meinem Zimmer. Das ist inzwischen eine Gewohnheit mit der ich nicht brechen kann. Das wirst du mir doch sicherlich verzeihen, und wie ich sehe, steckt der Schüssel ja bereits im Türschloss."

Sie nahm mich in ihre Arme und zog mich für einen Moment an sich heran und flüsterte in mein Ohr: „Gute Nacht, meine Liebste, es fällt mir schwer dich jetzt gehen zu lassen, aber gute Nacht. Morgen, wenn auch nicht zu früh, werde wir uns wiedersehen."

Sie sank seufzend in die Kissen und ihre hübschen Augen folgten mir mit einem liebevollen und melancholischen Blick, und noch einmal murmelte sie: „Gute Nacht, liebste Freundin."

Für die Jugend ist Zuneigung und selbst die Liebe impulsiv. Diese offensichtliche, doch so unverdiente Zuneigung, die sie mir entgegenbrachte, schmeichelte mir sehr sehr. So genoss ich dieses Vertrauen, welches sie mir so unverzüglich und unvoreingenommen schenkte sehr. In dieser Nacht hatte sie entschieden, dass wir intime Freundinnen seien sollten.

Der Morgen kam und wir sahen uns wieder. Ich war begeistert von meiner neuen Begleiterin; ich muss sagen, in vielerlei Hinsicht.

Ihr Aussehen verlor bei Tageslicht an nichts – sie war mit Sicherheit das schönste Geschöpf, dem ich jemals begegnet bin. Die unangenehmen Erinnerungen und all die Albträume, die mich seit jener besagten Nacht, in der sie zu mir ins Bett gestiegen war, geplagt hatten, all das war im Nu verflogen und mich erfüllte der Wunsch, ihr nahe zu sein.

Sie gestand mir, dass auch sie, als ich vor sie trat und sie mich erkannte, einen ähnlichen Schrecken bekommen hatte und zuerst ebenso eine leichte Abneigung mir gegenüber verspürte. Wie sich dann aber ihre Reservation mit Bewunderung und Begeisterung für mich vermischten. Sehr bald lachten wir zusammen über unsere anfänglichen Ängste und wir konnten nicht mehr von einander lassen.

IV
Ihr Betragen
Ein kurzer Spaziergang

Ich verriet Ihnen bereits, dass unserer Gast mich in vielerlei Hinsicht entzückte. Einiges wiederum gefiel mir weniger gut.

Vielleicht sollte ich damit beginnen, sie zu beschreiben. Für ein Mädchen war sie hochgewachsen, dabei schlank, wohlgeformt und wunderbar anmutig. Nur das ihre Bewegungen teils recht träge waren – sehr träge –, es gab an ihrem Äußeren nichts, was auf eine körperliche Beeinträchtigung hindeutete. Ihr Teint war lebhaft und strahlend, sie hatte ein schmales, wunderschön geformtes Gesicht mit großen, dunklen und glänzenden Augen. Ihr Haar war wundervoll, noch nie hatte ich solch herrlich dichtes und langes Haar gesehen wie das ihre. Wenn sie es offen über ihre Schultern wallend trug, fuhr ich oft mit meinen Hände darunter und musste verwundert darüber lachen, wie schwer es war. So fein und weich in seinem satten, sehr dunkelbraunen Ton mit einem Hauch von Gold. Ich liebte es, ihr Haar zu öffnen und es unter seinem eigenen Gewicht auseinanderfallen zu sehen. Wenn wir zusammen auf ihrem Zimmer waren, legte sie sich lasziv in ihrem Sessel zurück und sprach mit ihrer lieblichen Stimme leise zu mir, während ich ihr Haar teilte und flocht, um es dann wieder auseinander zu breiten. So verspielt nah und vertraut waren wir uns. Himmel! Wenn ich damals nur schon gewusst hätte!

Eingangs erwähnte ich, dass mir einiges an ihr nicht gefiel, auch habe ich bereits erzählt, wie sie mich gleich am ersten Abend in Vertrauen schloss. Doch bald merkte ich, dass sie eine äußerst wachsame Zurückhaltung übte in allem was sie, ihre Mutter, ihre Vergangenheit, ja geradezu alles was ihr Leben, ihre Pläne, ihre Familie und Bekannten betraf. Mag sein, dass ich unangemessen reagierte, vielleicht lag ich falsch, mag sein, dass ich der von der herrschaftlichen Dame meinem Vater so feierlich auferlegten Diskretion mehr Beachtung hätte schenken sollen. Doch die Neugier ist eine ruhelose und gewissenlose Leidenschaft, der – ist sie einmal geweckt – kein Mädchen lange widerstehen kann. Wer hätte denn schon zu Schaden kommen können, hätte sie mir meine ach so brennenden Fragen beantwortet? Hatte sie denn kein Vertrauen in meinen gesunden Menschenverstand oder in meine Ehre? Warum schenkte sie meinem feierlichen Versprechen, dass ich niemals auch nur eine Silbe des mir Anvertrauten einer Menschenseele verraten würde, keinen Glauben?

Eine ihrer Jugend unangemessene Kälte lag in ihrem melancholischen Lächeln, welches sie immer dann aufsetzte, wenn sie mir wieder einmal hartnäckig jenen kleinsten Lichtstahl der Erkenntnis verweigerte.

Ich kann nicht sagen, dass wir uns darüber zerstritten hätten, sie stritt sich nie mit mir. Natürlich war es meinerseits auch unfair und unhöflich, sie damit zu bedrängen, doch ich konnte ich anders; und vielleicht hätte ich es einfach dabei belassen sollen.

Das was sie mir erzähle, war in meiner unerhörten Einschätzung – einfach zu wenig. Es konnte in drei sehr vagen Aussagen zusammengefasst werden:

Erstens – ihr Name war Carmilla;

Zweitens – Ihre Familie gehörte einem sehr alten Adelsgeschlecht an;

Drittens – Ihre Heimat lag südöstlich[xi].

Sie verriet mir weder den Namen ihrer Familie, noch beschrieb sie das Familienwappen, auch der Name des Adelssitz und selbst ihr Heimatland behielt sie für sich.

Bitte verstehen sie mich jetzt nicht so, dass ich Carmilla mit meiner Neugier ununterbrochen belästige hätte. Ich brachte, wenn sich eine Gelegenheit ergab, meine Fragen eher beiläufig als aufdringlich an. Ein- oder zweimal, habe ich sie auch geradewegs darauf angesprochen, doch egal welche Taktik ich auch versuchte, ich scheiterte jedes Mal kläglich. Direkte Konfrontation und liebliches Bezirzen prallten an ihr gleichermaßen ab. Allerdings muss ich hinzufügen, dass sie ihre Ausflüchte mit einer so schönen Wehmut, mit nur leicht angedeuteter Missbilligung und mit zahlreichen leidenschaftlichen Bekundungen ihrer Sympathie, ihres Vertrauens in meine Ehre und mit vielen Versprechen, mich eines Tages alles wissen zu lassen, ausschmückte, so dass ich es nicht lange übers Herz brachte, ihr nachtragend zu sein.

In solch Situationen legte sie dann ihre hübschen Arme um meinen Hals und zog mich an sich. Mit ihrer Wange auf der meinen und mit ihren Lippen an meinem Ohr, flüsterte sie, „Liebste, habe ich dein armes Herz gekränkt, so halte mich bitte nicht für grausam, folge ich doch nur den unumstößlichen Gesetzen meines Wesen mit all seinen Stärken und Unzulänglichkeiten; und blutet dir dein verletztes Herz, so blutet doch mein wildes Herz mit dem deinen. In all dem Zwiespalt meiner tiefsten Demut, so lebe ich doch nur, Dank deiner warmen Lebenslust, und dein Leben soll sterbend – süß sterbend - in das meine aufgehen. Ich kann nicht anders; so wie ich über dich komme, so wirst du deinerseits über andere kommen, und du wirst den Zwiespalt dieser

Grausamkeit, welche die Liebe doch ist, kennenlernen; bis dahin jedoch, strebe nicht danach, mehr über mich und über die Meinen zu erfahren, sondern vertraue mir mit all der Kraft deiner Liebe zu mir."

Nachdem Sie mich derart mit Worten überschwemmt hatte, drückte sich mich mit einer herzlichen Umarmung an ihre bebende Brust und küsste mich mit ihren zarten Lippen auf meine glühenden Wangen.

Die Bedeutung ihrer Worte und deren Einfluss über mich erkannte ich damals nicht.

Es ist nicht so, dass ich mich nicht aus diesen törichten Umarmungen, die eher selten vorkamen, hätte entziehen wollen. Doch dazu reichten meine Kräfte nicht aus. Ihre in mein Ohr gesäuselten Worte klangen wie ein Wiegenlied, das meinen Widerstand besänftigte und mich in Trance versetzte, aus der ich erst entkommen dann konnte, wenn sie es zuließ und indem sie ihre Umarmung löste.

Diese unheimliche Stimmung war mir äußerst unangenehm. In ihren Armen überkam mich eine seltsame, ungestüme und neuartige Erregung, die sich einerseits sehr aufregend und gut anfühlte, in die sich jedoch das vage Gefühl der Angst und des Ekels mischte. Während ich mich diese gemischten Gefühle ausgesetzt sah, war es mir nicht möglich, mir ein klares Bild über sie zu machen. So war doch mein Bewusstsein in diesen Momenten ausschließlich mit einer aufbrausenden Liebe und Lust erfüllt. Diese füllten mich vollständig aus und steigerten sich bis zur Vergötterung – aber auch zur Abscheu hin. Ich weiß es mag paradox klingen, doch anders kann ich die Gefühlslage, in der ich mich befand, nicht beschreiben.

Heute nach über zehn Jahre und mit zitternder Hand, mit verwirrenden und schrecklichen Erinnerungen an gewisse Ereignisse und Situationen der Tortur, die ich – mir derer damals unbewusst – durchlebt habe, schreibe ich nun aus meinen lebendigen Erinnerungen an den genauen Ablauf der Ereignisse diese, meine Geschichte nieder.

Doch es gab in dieser Zeit auch diese gewissen emotionalen Momente, wie es sie vermutlich im Leben eines jeden gibt. Momente der erwachten, so wilden und gewaltigen Leidenschaft, der man sich hingibt und die zwischen all den anderen bewussten Erlebnisse diejenigen sind, an die man sich nur noch vage und entfernt erinnern kann.

Manchmal nahm meine ungewöhnliche und so schöne Vertraute nach einer Stunde der Apathie meine Hand und hielt sie mit einem liebevollen Druck, den sie wieder und wieder erneuerte. Dann errötete sie leicht und während sie mir mit ihren trägen und brennenden Augen tief in die meinen schaute, begann sie so schnell zu atmen, dass ihr Dekolleté mit dieser ach so turbulenten Atmung auf- und abstieg. Der brennenden Begeisterung eines Liebhabers gleich, berührte es mich peinlich. Es war widerlich und doch so überwältigend, hämisch mit selbstsicheren Blick zog sie mich dann zu sich und ihren heißen Lippen wanderten küssend an meinen Wangen entlang, während sie seufzend flüsterte: „Du bist Mein, du *sollst* Mein sein. Du und ich, wir sind Eins auf immer und ewig." Dann warf sie sich zurück in ihren Sessel und schlug ihre zierlichen Hände vor das Gesicht, mich bebend und zitternd zurücklassend.

„Was meinst du? Meinst du, dass wir verwandt sind?" fragte ich dann meist, „Was hat das zu bedeuten? Vielleicht erinnere ich dich an jemanden, den du liebst. Aber bitte du darfst nicht derart mit mir reden. Es ziemt sich nicht! Ich erkenne dich nicht wieder – ich erkenne mich ja selbst nicht wieder, wenn du mich so anschaust und so mit mir sprichst."

Sie pflegte dann, ob meiner Vehemenz heftig zu seufzen, und wandte sich von mir ab.

Bezüglich dieser außerordentlichen Offenbarungen gelang es mir nicht, eine zufriedenstellende Theorie aufzustellen. Ihr Verhalten konnte nicht als im Affekt oder als Trick abgetan werden. Unverkennbar handelte es sich hierbei um temporäre Ausbrüche unterdrückter Instinkte und Emotionen. Wurde sie entgegen der von ihrer Mutter unaufgefordert geäußerten Verneinung vielleicht doch vom Wahnsinn heimgesucht; oder handelte es sich um eine Romanze in einer Maskerade? Ich habe in alten Geschichten von solchen Dingen gelesen. Was, wenn ein kindischer Verehrer sich mit Hilfe einer schlauen, alten Abenteurerin Zugang zu unserem Haus verschafft hatte, um mir in Frauengewändern nachzustellen? Doch gegen diese Hypothese, so sehr sie mir auch schmeichelte, sprachen dann doch zu viele Dinge.

So kann ich mich an keine mir zuteilgewordenen Aufmerksamkeit entsinnen, die derjenigen geglichen hätte, welche die männliche Galanterie so vergnügt offeriert. Zwischen diesen leidenschaftlichen Momenten lagen Tage des Alltäglichen, der Fröhlichkeit oder der nachdenklichen Melancholie. An solchen Tagen, hätte ich nicht bemerkt, wie ihre verzagend lodernden Augen mich verfolgten, kam es mir vor, als bedeutete ich ihr nichts. Mit Ausnahme dieser kurzen anzüglichen Momente der Erregung war ihr Betragen mädchenhaft; ansonsten ihr haftete immer diese schon erwähnte Trägheit an, die für einen gesunden Menschen so unpassend war.

Auch ihr Betragen war in einigen Belangen recht ungewöhnlich. Mag sein, das jemand aus der Stadt, so wie Sie es sind, da etwas anders denkt, als wir hier auf dem Land. Sie kam immer sehr spät, für gewöhnlich nicht vor ein Uhr aus

Ihrem Gemach zu uns herunter, trank dann eine Tasse Schokolade, aß aber nichts dazu. Anschließend machten wir oft einen Spaziergang, welcher aber eher kurz ausfiel, da sie doch sehr schnell ermüdete und wir entweder ins Schloss zurückkehrten oder auf einer Bank im Schatten der Bäume Platz nehmen mussten. Diese körperliche Ermattung wirkte sich aber keineswegs auf ihren Geist aus. Sie war immer eine sehr gewandte Gesprächspartnerin und zeichnete sich durch ihre Intelligenz und Wissen aus.

Es gab Zeiten, da schweifte sie für einen Moment ab und machte eine Anspielung auf ihre Heimat, oder erwähnte ein Abenteuer oder eine Situation, eine frühere Erinnerung, welche auf ein Volk mit seltsamen Gepflogenheiten hinwies und sie beschrieb mir unbekannte Gebräuche. Aus diesen gelegentlichen Bemerkungen entnahm ich, dass ihr Heimat doch weitaus abgelegener liegen musste, als ich es mir ursprünglich vorgestellt hatte.

Eines Nachmittags saßen wir so unter den Bäumen, als eine Beerdigungsprozession an uns vorbeizog. Ein junges Mädchen, welches ich vom Sehen her kannte, die Tochter eines der Jäger wurde zu Grabe getragen. Der arme Vater ging langsam hinter dem Sarg seines lieben Kindes her. Er sah ziemlich gebrochen aus, war sie doch sein einziges Kind.

Eine kleine Gruppe einfacher Leute folgte in Zweierreihe und sang eine Trauerhymne.

Um meinen Respekt zu zollen, erhob ich mich und stimmte in das lieblich klagende Trauerlied ein.

Meine Begleiterin schüttelte sich und stieß mich an, so dass ich mich zu ihr wandte.

„Erkennst du nicht, wie unpassend das ist?", fragte sie brüskiert.

„Aber ganz im Gegenteil, ich finde es einfach nur sehr höflich", erwiderte ich verärgert über die Unterbrechung. Besorgt darüber, dass die Teilnehmer der Prozession bemerkt haben könnten, was hier am Rande vor sich ging, nahm ich den Gesang wieder auf und wurde wieder von ihr unterbrochen.

„Du beleidigst meine Ohren", warf Carmilla mir vor und hielt sich mit ihren grazilen Finger die Ohren zu.

„Außerdem! Wie kannst du davon ausgehen, dass Eure Religion auch die meinige ist? Dieser Brauch ist für mich verletzend, darüber hinaus hasse ich Beerdigungen. Was für ein Gehabe! Schließlich musst auch du – *muss jeder* sterben und jeder ist glücklicher dran, ist er erst gestorben. Komm' lass uns nach Hause gehen."

„Mein Vater hat den Priester zum Kirchhof begleitet. Ich dachte du wusstest, dass sie heute beerdigt wird."

„Sie? Ich belaste meine Gedanken nicht mit Bauernvolk. Was weiß ich, wer das ist", fuhr Carmilla mich mit aufblitzenden Augen an.

„Es ist das arme, kleine Mädchen, das vor zwei Wochen vorgab, einen Geist gesehen zu haben, und daraufhin von einer mysteriösen Krankheit befallen wurde, die sie langsam dahin raffte. Gestern früh ist sie verstorben."

„Erzähle mir nichts von Geistern. Ich kann nicht schlafen, wenn du das tust."

„Ich hoffe nur, dass es sich nicht um eine Seuche oder ein aufkommendes Fieber handelt. Obwohl alles daraufhin deutet", fuhr ich fort. „Die junge Frau des Schweinehirten starb erst letzte Woche. Sie glaubte etwas habe sie, als sie in ihrem Bett lag, beim Hals gepackt und sie beinahe erwürgt. Papa sagt, dass einige Fieber von solchen Wahnvorstellungen begleitet werden. Am Tag zuvor ging es ihr noch gut, dann wurde sie bettlägerig und binnen einer Woche ist sie verstorben."

„Nun, *ihr* Begräbnis ist hoffentlich schon vorbei, und *ihr* Trauerlied ist bereits gesungen, so dass unsere armen Ohren von diesen Dissonanzen und diesem Geschwafel verschont bleiben. Das Ganze hat mich aufgerührt und nervös gemacht, bitte setze dich zu mir, komm' näher, halte meine Hand und drücke sie. Drücke fest – fest – fester."

Auf unserem Weg zurück mussten wir noch ein weiteres Mal halten und sie setzte sich auf eine Bank. Ihre Gesichtszüge veränderte sich mit einen Mal, so dass es mich aufschrecken ließ und mir Angst einjagte. Sich verdüsternd nahm ihr sonst so lebhaftes Gesicht einen fahlen Ton an. Sie biss ihre Zähne zusammen, ihre zarten Hände verkrallten sich und ihre Stirn legte sich in Falten. Mit zusammengepressten Lippen und mit leerem Blick starrte sie zu Boden, dabei durchfuhr sie ein starkes Schaudern, so dass sie, wie von Schüttelfrost ergriffen, anfing zu zittern. Ich erkannte, dass sie all ihre Kräfte aufwenden musste, um einen aufkommenden Anfall, mit dem sie atemlos rang, zu unterdrücken. Letztendlich brachte sie einen schwachen, krampfhaften Schmerzensschrei hervor und allmählich ebbte die Hysterie ab.

„Da hast du es! Das kommt davon, wenn einem diese Kirchenlieder die Kehle zu schnüren." klagte sie schließlich, warf sich in meine Arme und flehte:

„Bitte halte mich, halte mich fest. Es geht bald vorbei."

Tatsächlich ließ es langsam nach und wahrscheinlich um den düsteren Eindruck zu zerstreuen, den dieses Spektakel wohl auf mich gemacht haben musste, wurde sie auf unserem Weg nach Hause ungewöhnlich lebhaft und gesprächig.

Das war das erste Mal, dass sie Anzeichen definierbarer Symptome des von ihrer Mutter angesprochenen delikaten Gesundheitszustands aufzeigte. Es war auch das erste Mal, dass sie mir gegenüber so etwas wie Temperament erkennen ließ.

Beides verflog wie eine Sommerwolke. Nur noch ein einziges Mal habe ich danach erlebt, wie sie ihrerseits die Wut für einen kurzen Augenblick hat aufblitzen lassen.

Wir befanden uns im Salon und schauten zusammen aus einem der Fenster, als über die Zugbrücke ein Gaukler den Schlosshof betrat. Ich erkannte ihn sofort, er besuchte uns gewöhnlich zweimal im Jahr.

Der Mann war von buckeliger Statur und hatte ein hageres, markant geschnittenes Gesicht, so wie es oft mit Missbildungen einhergeht. Er trug einen schwarzen Spitzbart und hatte ein breites Lachen aufgesetzt, welches sein raubtierartiges Gebiss herausstellte. Seine Kleidung war hauptsächlich in schwarz mit scharlachrot gehalten und mit unzähligen sich kreuzenden Riemen und Gürtel versehen. An diesen waren alle mögliche Dinge befestigt. Auf dem Rücken trug er eine Laterna Magica[xii] und zwei mir wohlbekannte Kästchen. In dem ersten befand sich ein *Salamander* und das andere enthielt eine *Alraune*, die meinen Vater jedes Mal zum Lachen brachten. In Wahrheit waren es aus präparierten Teilen von Affen, Papageien, Eichhörnchen, Fischen und Igeln fein säuberlich zusammengenähte kleine Monster, die einen verblüffenden Eindruck der Lebendigkeit vermittelten. Des Weiteren hatte der Gaukler eine Fidel, eine Schachtel mit Zauberutensilien und ein Paar Florette mit dazugehörigen Masken an seinen Gürteln befestigt. Dazu hingen noch andere mysteriöse Büchsen und Taschen an ihm und in der Hand hielt er einen schwarzen, mit Kupfer beschlagenen

Wanderstab. Ein freilaufender, struppiger Hund folgte ihm bei Fuß, hielt jedoch an der Zugbrücke kurz misstrauisch inne und begann daraufhin erbärmlich zu jaulen. In der Zwischenzeit hatte sich der Mann gut sichtbar in der Mitte des Hofes positioniert und hob feierlich seinen grotesk anmutenden Hut. Verbeugte sich vor uns theatralisch und erwies uns wortreich in gebrochenem Französisch und nicht viel besserem Deutsch seine Ehrerbietung.

So dann, löste er seine Fidel und begann eine lebhafte Melodie auf ihr zu kratzen. Dazu sang er unbekümmert in einer falschen Tonlage und führte einen lächerlichen Tanz und Gezappel auf. Trotz oder gerade wegen des Hundegejaules musste ich herzlich lachen.

Mit dem Hut in der linken Hand, dem Musikinstrument unterm Arm, mit einem freundlichen Lächeln im Gesicht und mit weiteren Grußformeln kam er dann auf unser Fenster zu, und bot uns in einem Atemzug eine lange Liste seiner Dienstleistungen, seiner Künste und Hilfsmittel aller Art an. Darüber hinaus pries er allerlei Kuriositäten und Darbietungen an, welche er beherrsche und auf unser Geheiß darbieten wolle.

„Wären die gnädigen Damen vielleicht an einem Schutzamulett gegen Blutsauger interessiert?", fragte er und ließ seinen Hut auf das Pflaster fallen.

„In den Wäldern dieser Gegend soll ja ein solches Ungeheuer, einem Wolf gleich, sein Unwesen treiben. Ringsherum fallen ihm die Menschen zum Opfer. Aber mit diesen Amuletten hier sind Sie sicher!"

Er hielt längliche Pergamentstreifen mit kabbalistischen Zeichen und Diagrammen in die Höhe.

„Stecken Sie eines dieser Amulette an Ihr Kopfkissen, und Sie können dem Umpyr[xiii] ins Gesicht lachen", erklärte er.

Carmilla kaufte ihm sofort eines ab und auch ich folgte ihrem Beispiel.

Er schaute zu uns herauf und wir blickten amüsiert zu ihm herunter; ich für meinen Teil war jedenfalls bestens unterhalten. Wie er uns so mit seinen stechenden, schwarzen Augen ansah, schien es, als hätte etwas sein Interesse geweckt. Eilig breitete er eine mit seltsam anmutenden, kleinen Stahlinstrumenten gefüllte Lederrolle vor uns aus.

„Sehen Sie, meine Dame", richtete er das Wort an mich, „neben den vielen anderen, weniger nützlichen Dingen biete ich auch Dienste der Zahnmedizin an."

„Zur Hölle mit dir, du Köter!", unterbrach er und rief in Richtung des Hundes, „Aus! Ruhe jetzt, du Biest! Du heulst ja so laut, dass das gnädige Fräulein kaum ein Wort verstehen kann."

Wieder zu mir gewandt, fuhr er fort: „Ihre erlauchte Freundin zu ihrer Rechten hat doch, wie ich sehe, sehr scharfe Zähne – lang, dünn und spitz, einer Ahle[xiv] oder einer Nadel gleich."

Er kniff die Augen zu Schlitzen zusammen, um noch genauer sehen zu können.

„Ah ja! Meine Augen trügen nicht. Selbst von hier kann ich es sehr gut erkennen. Nun, wenn sich die junge Dame daran stört, sich gar daran verletzt hat, und ich denke, das mag sehr wahrscheinlich der Fall sein, dann kann ich dem abhelfen. Ich habe hier Feilen, Schlägel und Zangen, damit kann ich den Zahn schön rund und glatt machen. Wenn Hochwohlgeboren es denn nur wünschen. Einem so schönen, jungen Fräulein gebühren doch keine Fischzähne ...

aber, meine Dame! Oh je! Bitte verzeihen Sie mir, seien Sie mir nicht böse. War ich zu aufdringlich? Habe ich Sie gar gekränkt?"

Die junge Dame sah tatsächlich sehr wütend aus, als sie vom Fenster weg wich.

„Wie kann es dieser Quacksalber wagen, uns derart zu beleidigen? Wo ist dein Herr Papa? Ich verlange Wiedergutmachung! Mein Vater hätte diesen Schuft an einen Pranger binden und mit einer Reitgerte auspeitschen lassen. Mit einem Brandeisen hätte er ihm das Fleisch von den Knochen gebrannt."

Sie entfernte sich von dem Fenster und ließ sich auf dem Sofa nieder. Kaum hatte sie den Übeltäter aus den Augen verloren, legte sich ihr Zorn so plötzlich, wie er hervorgebrochen war. Allmählich fand sie wieder zu sich selbst und schien den buckligen Gaukler mit seinen Torheiten auch schon vergessen zu haben.

An jenem Abend war mein Vater außer sich. Als er eintrat erzählte er uns, dass es einen weiteren Krankheitsfall gab, sehr ähnlich zu den zwei Fällen, die vor Kurzem aufgetreten waren und die beide tödlich ausgegangen waren. Die Schwester eines in seinen Dienste stehenden Bauern, die nur eine Meile entfernt lebe, sei über Nacht schwer krank geworden. Auch sie habe beschrieben, dass sie in nahezu der gleichen Art angefallen wurde wie die Frau des Schweinehirten, und nun ginge es ihr langsam aber sicher auch immer schlechter.

„All das kann", da war sich mein Vater sicher, „nur auf natürliche Ursachen zurückführbar sein. Diese armen Leute machen sich mit ihrem Aberglauben nur gegenseitig verrückt. So werden die Schreckensbilder des einen zu den Wahnvorstellungen seiner Nachbarn."

„Genau das ist es doch, was einem so schreckliche Angst macht." warf Carmilla ein.

„Wie meinst Du das?" erkundigte sich mein Vater.

„Ich fürchte mich so sehr davor, auch eines Tages an solchen Wahnvorstellungen zu leiden. Die Angst an sich ist doch genauso schlimm, wie das vor dem man sich eigentlich fürchtet. Ist sie nicht genauso schlimm, als wären die Wahnvorstellungen tatsächlich wahr?"

„Wir sind alle in Gottes Hand und nichts geschieht gegen seinen Willen. Für die, die ihn lieben, wird alles gut ausgehen. Unserer Schöpfer ist uns getreu. Er hat uns nach seinem Ebenbild erschaffen, er wird uns beschützen", versuchte mein Vater zu beruhigen.

„Schöpfer! *Natur!*" erwiderte die junge Dame, „aber Sie sagen doch, dass diese Krankheit, die in das Land eingefallen ist, natürlichen Ursprungs sei. Ich meine, alle Dinge entspringen doch der Natur, nicht wahr? Alle Dinge im Himmel, auf der Erde und darunter handeln und leben doch nach den Gesetzen der Natur." Sie führte den Gedanken nicht fort und wir schwiegen.

„Der Doktor hat sich angekündigt", brach mein Vater das Schweigen kurz darauf, „ich bin gespannt, was er über die Krankheit denkt und welchen Rat er uns geben kann."

„Ach Ärzte! Die konnten mir noch nie helfen", bemerkte Carmilla abwertend.

„So warst auch du einmal erkrankt?", fragte ich.

„Kränker als du es dir vorstellen kannst", erklärte sie.

„Ist es schon sehr lange her?"

„Ja, es war vor langer Zeit. Ich litt an genau der gleichen Krankheit, doch ich kann mich nur noch vage an die Schmerzen und die Schwäche erinnern, und die waren nicht so schlimm, als das, was man in anderen Krankheiten erleidet."

„Dann musst du damals wohl noch sehr jung gewesen sein.", wollte ich wissen.

„Das kann man wohl sagen, aber bitte lass' uns nicht davon sprechen. Du möchtest deiner Freundin doch nicht wehtun, indem du böse Erinnerungen in ihr wachrufst?"

Sie sah mir lasziv in die Augen und legte zärtlich ihren Arm um meine Taille und führte mich aus dem Raum. Nahe am Fenster war mein Vater inzwischen in einigen Papieren vertieft.

„Warum gefällt es deinem Papa nur, uns derart zu beängstigen?" seufzte das hübsche Mädchen an meiner Schulter mit einem leichten Schauder.

„Aber das tut er doch gar nicht, meine liebe Carmilla, nichts läge ihm ferner."

„Fürchtest du dich denn nicht, Liebste?"

„Sicherlich würde ich mich mehr fürchten, wüsste ich mich in der gleichen Gefahr wie diese armen Leute."

„Und zu sterben? Fürchtest du dich davor?"

„Aber ja, davor fürchtet sich doch jeder."

„Aber wie Liebende zu sterben – zusammen zu sterben, so dass sie im Tod auf ewig vereint sind, das ist so romantisch. All die Mädchen, während sie in *dieser* Welt leben, sind sie nicht viel mehr wie Raupen, die darauf warten ihr Dasein als Raupen aufzugeben, um letztendlich zu Schmetterlingen zu werden, dann wenn der Sommer kommt. Doch bis dahin sind sie doch nicht viel mehr als Maden und Larven, verstehst du – jedes mit seinen eigenen Neigungen, Bedürfnissen und Beschaffenheit. So schreibt es Monsieur Buffon[xv] in seinem großen Buch, welches ich in der Bibliothek gefunden habe."

Später am Tag kam wie angekündigt der Herr Doktor und hatte ein längeres, vertrauliches Gespräch mit meinem Vater.

Er war ein sehr fachkundiger Mann, etwas wenig mehr als sechzig Jahren alt. Er trug Puder und rasierte sein blasses Gesicht glatt wie einen Kürbis. Als mein Vater und er, zusammen aus dem Studierzimmer traten, hörte ich meinen Vater laut lachend sagen: „Nun, das mich ein so kluger Mann wie Sie noch so sehr erstaunen kann, das hatte ich nicht für möglich gehalten. Und wie halten sie es derweil mit Hippogryphen[xvi] und Drachen?"

Der Doktor gab lächelnd seine Antwort und schüttelte den Kopf.

„Nichtsdestotrotz halten uns Leben und Tod noch zahlreiche Geheimnisse vor, und nur wenig wissen wir von den Kräften, welche den Beiden zu Grunde liegen."

So gingen sie an mir vorbei, und ich konnte ihrem Gespräch nicht weiter folgen. Damals wusste ich noch nicht, auf was sich der Doktor damals bezog, heute aber glaube ich, es erraten zu können.

V
Eine wundersame Ähnlichkeit

An jenen Abend traf der ernst und düster dreinblickenden Sohn eines Bildrestaurateurs aus Graz auf einem mit zwei großen Kisten beladenen Pferdekarren bei uns ein. Jedes mal, wenn uns Besuch oder ein Bote aus unserer kleinen circa dreißig Meilen weit entfernten Provinzhauptstadt erreichte, scharten wir uns in der Empfangshalle, um Neuigkeiten aus der Stadt zu erfahren. Eine solche Ankunft sorgte

Carmilla

in unserem abgelegenen Domizil immer für helle Aufregung. So verblieben die Kisten vorerst in der Eingangshalle, bis der Bote von unseren Bediensteten mit einem Abendessen und Umtrunk versorgt war. Im Anschluss erschien er im Foyer, wo er mit Hammer, Brechstange und Schraubenzieher bewaffnet und unter Mithilfe einiger Assistenten vor unseren Augen die mit Gemälden gefüllten Kisten öffnete.

Gelangweilt schaute Carmilla zu, wie nach und nach die alten, aufwendig restaurierten Bilder hauptsächlich Portraits ans Licht kamen. Meine Mutter stammte aus einer alten ungarischen Familie und ein Großteil der Bilder, die nun im Schloss aufgehangen werden sollten, wurden uns von ihrer Seite der Familie vermacht.

Mein Vater hatte eine Liste zur Hand, welche er mit den ihm zugerufenen Nummer abglich. Ob die Bilder nun besonders gut oder wertvoll waren, kann ich nicht beurteilen, sie waren aber, das stand fest, sehr alt und einige darunter recht merkwürdig. Für viele galt, das wiederum kann ich mit Sicherheit sagen, dass ich sie an diesem Abend zum ersten Mal zu Gesicht bekam. Viele waren vor der Restauration durch Rauch und Staub nahezu unkenntlich gewesen.

„Jetzt kommt ein Bild, das auch ich noch nie ganz gesehen habe", rief mein Vater aus. „Vorher konnte man in der oberen Ecke nur einen Namen erkennen. Soweit ich das entziffern konnte, stand da: »Marcia von Karnstein« und die Jahreszahl »1698«. Ich bin gespannt, wie es nun aussieht."

Auch ich erinnerte mich, es war ein kleines Bild, ungefähr einenhalb Fuß im Quadrat und ohne Rahmen, doch es war über die Zeit so sehr geschwärzt, dass man wirklich nichts mehr darauf erkennen konnte.

Sichtlich stolz auf die Arbeit präsentierte der Restaurateur nun das Gemälde. Das Bild zeigte das Portrait einer

Eine wundersame Ähnlichkeit

sehr schönen, jungen Edelfrau. Es war verblüffend. Sie schien so lebendig und sie war wahrhaftig das Ebenbild meiner Carmilla!

„Carmilla, Liebste, schau! Es ist ein absolutes Wunder. Das bist ja du, so wie du leibst und lebst. Es ist dein Lächeln, so als wolltest du mir in diesem Bild etwas sagen. Sieh nur Vater, ist es nicht wunderschön? Sogar das kleine Muttermal an ihrem Hals ist da."

Mein Vater stimmte mir lachend zu: „Für wahr, eine wundersame Ähnlichkeit".

Zu meiner Überraschung war er aber weniger beeindruckt und wandte sich gleich wieder dem Restaurateur zu, der selbst auch ein Maler war und sein Fachwissen über die von ihm wiederhergestellten Portraits und anderen Werke gerne teilte. Ich hingegen kam, je länger ich mir das Bild betrachtet, nicht mehr aus dem Staunen heraus.

„Darf ich es in meinem Zimmer aufhängen, Papa?" unterbrach ich das Gespräch meines Vaters.

„Gewiss, mein Schatz", sagte er lächelnd. „Es freut mich, dass du es ihr so ähnlich findest. Wenn dem so ist, dann muss es ja noch schöner sein, als ich dachte."

Die angesprochene junge Dame zeigte keine Reaktion auf die schmeichelnden Worte, schien sie doch das Gesagte gar nicht zu vernehmen. Sie saß zurückgelehnt in ihrem Sessel und unter ihren langen Wimpern verfolgten mich ihre hinreißend schönen Augen erwartungsvoll. Auf ihren Lippen lag ein Lächeln der Verzückung.

„Man kann den Namen auf dem Bild jetzt auch wieder gut lesen. Es ist nicht Marcia, hier steht in Gold: »Mircalla Komtess von Karnstein«[xvii] und über dem Namen ist eine kleine Krone gemalt und darunter steht »A.D. 1698«. Ich stamme auch von den Karnsteins ab, also mütterlicherseits", erklärte ich stolz.

„Oh!" gab Carmilla träge von sich, „ich doch auch, soweit ich weiß, ist es ist eine sehr lange Ahnenlinie, sehr alt. Gibt es heute eigentlich noch lebende von Karnsteins?"

„Den Namen führt, glaube ich, niemand mehr. Die Familie wurde vor langer Zeit vermutlich in einem der Bürgerkriege ausgelöscht. Aber hier ganz in der Nähe gibt es noch die Schlossruine von Karnstein, nur drei Meilen von hier."

„Wie interessant", brachte sie müßig hervor, „aber sieh' doch welch schönes Mondlicht." Sie warf einen Blick durch die einen Spaltbreit offenstehende Tür.

„Lass uns hinaus in den Hof gehen und uns das Wasser im Mondlicht betrachten."

„Ja, das Licht ist so wie damals in der Nacht, als du zu uns kamst", sagte ich zustimmend.

Sie seufzte lächelnd.

So erhob sie sich und wir gingen, jede den Arm um die Taille der anderen gelegt, hinaus ins Freie.

Schweigend schlenderten wir so zur Zugbrücke, wo sich vor uns die schöne Landschaft ausbreitete.

„Du denkst also an die Nacht zurück, in der ich zu euch gekommen bin?", fragte sie beinahe flüsternd. „Bist du wirklich froh, dass ich hier bei Euch bin?"

„Aber sehr doch, liebste Carmilla", gab ich zurück.

„Und das Bild willst du in deinem Zimmer aufhängen, weil es mir so ähnlich ist?", hauchte sie mit einem Seufzer in mein Ohr, als sie mich mit ihrem Arm, der um meiner Taille lag, enger an sich zog. Dabei legte sie ihren schönen Kopf auf meine Schulter.

„Wie romantisch du doch bist", befand ich und erwiderte ihre Umarmung indem ich mit meiner Hand, die in unserer Umarmung auf ihrem Rücken lag, ihrem Torso entlang nach oben fuhr und sie schließlich auf ihre Schulter legte und leise zu ihr flüsterte:

„Wann immer du mir deine Geschichte erzählen wirst, bestimmt wird sie eine tragische Romanze beinhalten."

Schweigend küsste sie mir als Antwort meinen Nacken und ich spürte, wie sie den Duft meiner Haut und meiner Haare in die ihre süße Nase sog.

„Oh Carmilla", sagte ich mit versagender, schwacher Stimme fast tonlos, „ich bin mir sicher, du warst schon einmal richtig verliebt und bestimmt ist auch jetzt in diesem Moment eine Liebesaffäre im Spiel."

„Noch nie habe ich jemanden *richtig* geliebt und bestimmt werde auch niemals jemanden lieben," säuselte sie mir zwischen weiteren warmen Küssen zu, „es sei denn diejenige bist du."

Im fahlen Mondlicht sah sie aufregend schön aus. Ihre Augen waren scheu und geheimnisvoll. Als sich unsere Blicke trafen, verbarg sie hastig ihr Gesicht in meinem Haar, um dort in ungestümen Seufzern, einem Schluchzen gleich, auszubrechen. Dabei schloss sie die Umarmung und legte ihren anderen Arm um meinen bebenden Brustkorb und drückte mich zitternd und verlangend an sich. Ihre weiche Wange glühte an der meinen.

„Liebste, meine Liebste", murmelte sie, „in dir will ich leben; ich weiß, du würdest für mich in den Tod gehen, dafür liebe ich dich, begehre ich dich, will ich dich so sehr."

Ich schreckte von ihr zurück. Ein farbloses und apathisches Gesicht starrte mich mit leeren Augen an. Aus ihnen war jegliches Feuer, jeglicher Sinn und jegliches Leben verschwunden. Benommen frage sie mich:

„Ist es kühler geworden, Liebste? Mir ist so kalt. Habe ich geträumt? Bitte lass uns hineingehen. Komm', Liebste, lass uns ins Haus gehen."

„Ist dir nicht gut, Carmilla? Hast du einen Schwächeanfall? Du solltest lieber ein wenig Wein trinken", sagte ich.

„Ja. Das sollte ich tun. Mir geht es nun besser. Gleich werde ich wieder wohlauf sein. Ja, lass uns ein wenig Wein trinken", antwortete Carmilla als wir uns gerade zurück zum Haus aufmachen wollten.

„Doch lass uns noch einen Moment hier verweilen", änderte sie plötzlich ihre Meinung. „Dies ist vielleicht die letzte Nacht, in der ich mit dir gemeinsam das Mondlicht genießen kann."

„Ist es dir denn nicht mehr kalt, liebste Carmilla? Geht es dir wirklich besser?", fragte ich.

Langsam begann ich mir Sorgen zu machen, was wenn sie auch von der seltsamen Epidemie befallen war, welche, wie man sagte, über unser Land gekommen ist.

„Papa wäre zu tiefst betrübt", fügte ich mahnend hinzu, „erführe er, dass du schwer erkrankt bist, ohne uns darüber unverzüglich in Kenntnis gesetzt zu haben. Wir haben einen sehr erfahrenen Arzt gleich hier in der Nähe, der Doktor, welcher heute meinen Vater besucht hatte."

„Ich bin mir sicher, dass er so gut ist, wie du sagst. Ich weiß, wie sehr ihr alle um mich bemüht seid. Aber Liebste, es geht mir doch schon wieder viel besser. Es fehlt mir an nichts, es war nur ein kleiner Schwächeanfall. Man sagt, ich neige zur Trägheit; sei zu Anstrengungen nicht fähig; und könne nicht viel weiter laufen, als es ein dreijähriges Kind im Stande ist. Dann und wann kommt es vor, dass mich die wenige Kraft, die ich habe, im Stich lässt, dann ergeht es mir so, wie du es gerade erlebt hast. Aber das geht schnell vorbei und ich erhole mich recht zügig. Jetzt schon geht es mir wieder gut. Siehst du, wie sehr ich mich bereits erholt habe?"

Tatsächlich, das hatte sie. Wir unterhielten uns wieder angeregt und sie war wieder sehr lebhaft. Der restliche Abend verging ohne eine Wiederholung dessen, was ich als ihren Liebeswahn abtat. Damit meine ich ihre wirren Liebesbeteuerungen und die Blicke, die mich zwar peinlich berührten, denen ich mich aber zusehends schwerer entziehen konnte. Vielleicht auch deshalb jagten sie mir einen solchen Schrecken ein.

Doch in dieser Nacht ereignete sich noch etwas anderes, was meinen Gedanken in eine ganz neue Richtung lenken sollte, und etwas, das selbst Carmillas sonst so träges Gemüt für kurze Zeit aufwühlte.

VI
Ein sonderbares Leiden

Als wir uns nach dem Abendessen im Salon zusammenfanden, war Carmilla, obwohl sie nichts zu sich genommen hatte, wieder ganz sie selbst. Madame Perrodon und Mademoiselle De Lafontaine gesellten sich zu uns und wir spielten zusammen eine kleine Partie Karten, während dessen auch mein Vater herein kam, um einen Tee zu sich zunehmen.

Nachdem wir die Partie beendet hatten, setzte er sich zu Carmilla auf das Sofa und fragte sie recht erwartungsvoll, ob sie denn seit ihrer Ankunft Nachricht von ihrer Mutter erhalten habe.

Sie verneinte.

Carmilla

Daraufhin erkundigte er sich, ob sie denn wisse, wo man ihre Mutter aktuell schriftlich erreichen könne.

„Das kann ich Ihnen nicht sagen", antwortete sie zweideutig, „aber ohnehin habe ich darüber nachgedacht, sie bald zu verlassen. Sie haben mir bereits zu viel ihrer Gastfreundschaft und Güte zukommen gelassen. Ich habe ihnen unendlich viel Mühe und Sorgen bereitet, deshalb beabsichtige ich, mir morgen eine Kutsche kommen zu lassen, um meiner Mutter nachzureisen. Auch wenn ich es nicht wage, Ihnen die Reisepläne mitzuteilen, weiß ich, wo ich meine Mutter schlussendlich antreffen kann."

„Aber so dürfen sie nicht einmal im Traum denken", entgegnete ihr mein Vater zu meiner großen Erleichterung.

„Unter keinen Umständen kann ich einer Abreise zustimmen, es sei denn eine solche Reise findet unter der Obhut ihrer Mutter statt, die sie uns bis zu ihre Rückkehr anvertraut hat. Es hätte mich allerdings sehr beruhigt, würde ich wissen, dass Sie bereits Wort von ihr erhalten hätten. Die Berichte über diese geheimnisvolle Krankheit, die in unserer Gegend Einzug erhalten hat, sind heute Abend alarmierender denn je, und ohne ihre Frau Mutter konsultieren zu können, lastet die Verantwortung, die ich für sie übernommen habe, doch sehr auf mir. Doch seien sie sich gewiss, ich werde mein Bestes geben. So bitte sehen Sie davon ab, ohne eine explizite Anweisung Ihrer Mutter über eine Abreise nachzudenken. Eine Trennung von Ihnen würde uns einen zu großen Schmerz bereiten, als dass wir einer solchen leichtfertig zustimmen könnten."

„Vielen Dank, guter Herr, meinen tausendfachen Dank für ihr Gastfreundschaft", antwortete sie mit einem schüchternen Lächeln. „Sie alle sind zu freundlich zu mir. Selten in meinem Leben habe ich mich so glücklich gefühlt wie hier in Ihrem schönen Schloss, in Ihrer Obhut und in der Gesellschaft Ihrer lieben Tochter."

In seiner altmodischen Art und Weise küsste er ihre Hand und lächelte über ihre kleine Rede sichtlich erfreut.

Wie gewöhnlich begleitete ich anschließend Carmilla auf ihr Zimmer und während sie sich für die Nachtruhe vorbereitete, saß ich bei ihr, ging ihr zur Hand und bewunderte dabei ihre durch das Nachthemd scheinende makellose Silhouette. Dabei plauderten wir anfangs unverfänglich und vergnügt miteinander.

„Denkst du", wollte ich aber nach einer Weile genauer wissen, „dass du dich dir jemals mir vollständig öffnen und mir deine Geheimnisse anvertrauen wirst?"

Lächelnd wandte sie sich zu mir, ohne ein Wort zu sagen – da war es wieder: Ihr unentwegtes lächelndes Schweigen.

„Du wirst es mir nicht verraten!", erkannte ich. „Nicht einmal diese Frage willst du mir freundlicherweise beantworten. Ich hätte nicht damit anfangen sollen."

„Aber natürlich darfst du mich das, oder alles andere fragen. Du machst dir kein Bild davon, wie sehr ich dich liebe, sonst könnte dir kein Vertrauen zu groß sein, als dass du danach suchen müsstest. Doch ich habe nun mal ein Gelöbnis abgelegt, strenger als eine Nonne jemals eines abgelegt hat, und ich kann ... ich wage es nicht, es zu brechen. Noch nicht! So schwer es mir fällt, nicht einmal für dich, meine Liebe. Doch die Zeit, dass du alles erfahren sollst, ist nah. Sicherlich hältst du mich für grausam oder gar für egoistisch. Aber ist die Liebe nicht immer auch egoistisch? Je hingebungsvoller, desto egoistischer ist sie. Du ahnst nicht, wie eifersüchtig ich bin. Was du für mich bedeutest. Wie sehr ich mich nach dir verzehre, dich für mich alleine haben will, dass du mit mir gehst, dass du mein bist, dass auch du mich liebst ... bis in den Tod hinein; und wenn du mich nicht so lieben kannst, wie ich dich liebe, so dann hasse mich! Aber verlasse mich nicht, komme mit mir und hasse mich auch bis über den Tod hinaus. Doch bitte lege mir meine Apathie nicht als Gleichgültigkeit aus."

„Oh Carmilla", befürchtete ich, „jetzt fängst du mir wieder mit diesem wilden Unsinn an."

„Unsinn? Nein, mein lieber, kleiner Dummkopf, nicht ich bin es, die den Kopf voll Unsinn hat, voll mit Launen und Phantasien. Um deines Willen werde ich versuchen, mit dir Klartext zu sprechen." Nach einer kurzen Pause begann sie: „Hast du jemals an einem Ball teilgenommen?"

„Nein! Wo führt das hin? Wie ist es auf einem Ball? Ich stelle es mir bezaubernd vor."

„Ich habe es beinahe vergessen, ist es doch schon so viele Jahre her", fuhr sie fort und schweifte mit ihrem Blick in die Ferne. Ich konnte mir ein angedeutetes Lachen nicht verkneifen.

„Aber so alt bist du doch noch gar nicht", kicherte ich, „wie kannst du bitte einen Ball fast vergessen haben?"

„Ich erinnere mich nur vage. Doch wenn ich mich anstrenge, kann ich mich vielleicht an mehr erinnern! Ich sehe es vor mir, es ist so als wäre ich unter Wasser und schaute zur Oberfläche. Schemenhaft, leicht verschwommen, wie durch ein Medium hindurch, aber doch transparent, klarer kommen die Eindrücke zu mir zurück. In dieser Nacht ist etwas mit mir geschehen, etwas was versucht, sich meiner Erinnerung zu entziehen, etwas was die Farben und Taten verblassen lässt."

Sie stand vor mir und hatte eine Hand in die Höhe gehoben, als wollte sie die Oberfläche erreichen. Dann sauste ihre Hand hinunter und sie griff sich an die linke Brust.

„Ich wurde ermordet, oder beinahe ermordet, ich wurde verwundet hier ...", mit beiden Händen fuhr sie an ihr Dekolleté und starrte mich an, „und danach war nichts mehr so wie es einmal war. Ich war nicht mehr dieselbe."

Sie nahm einen Schritt zurück zu ihrem Bett hin und fiel mehr als dass sie sich setzte.

„Du warst also dem Tode sehr nah?", frage ich neugierig.

„Ja, sehr – eine grausame Liebe – eine absonderliche Liebe, die mich verzerrte und mir beinahe das Leben gekostet hat. Liebe ohne Opfer gibt es nicht. Kein Opfer ohne Blut! Aber lass uns jetzt schlafen legen, ich fühle mich so ermattet."

Sie lies sich seitlich auf ihr Kopfkissen fallen und ich erhob mich und half ihr ins Bett.

„Wie kann ich es jetzt nur noch zur Tür schaffen, um sie für die Nacht zu verriegeln?", murmelte sie.

Ihre filigranen Händen waren unter dem üppigen Haar vergraben, welches in Wellen unter ihren Wangen hervorquoll. Ihr Kopf lag der Art auf dem Kissen, dass der Blick ihrer glänzenden Augen jede meiner Bewegungen verfolgen konnte. Ihre lieblichen Lippen formten dabei ein schüchternes Lächeln, welches ich nicht in der Lage war zu deuten.

Ich wünschte ihr eine „Gute Nacht" und schlich mich mit einem unbehaglichen Gefühl aus dem Raum.

Oft habe ich mich gefragt, ob unsere schöne Besucherin ihre Nachtgebete sagt. Ganz bestimmt habe ich sie noch nie vor dem Bett knien gesehen. Morgens kam sie erst lange nach unseren Familiengebeten aus ihrem Zimmer und an

Carmilla

Abenden, verließ sie nie den Salon mit uns, wenn wir im Foyer eine kurze Andacht abhielten.

Hätte sie nicht in einer unserer unbeschwerten Unterhaltungen einmal ihre Taufe erwähnt, wäre ich mir nicht einmal sicher, ob sie überhaupt einer christlichen Konfession angehörte. Religion war ein Thema, über welches ich sie nie ein Wort verlieren hörte. Hätte ich die Welt damals besser gekannt, so hätte mich eben diese Vernachlässigung, ja förmliche Ablehnung allen Religiösen mehr überrascht.

Die Vorsichtsmaßnahmen schreckhafter Menschen sind ansteckend und Personen, die ebenfalls zur Schreckhaftigkeit neigen, werden diese über kurz oder lang imitieren. So hatte ich mit all ihren skurrilen Warnungen vor mitternächtlichen Eindringlingen und umherschleichenden Mördern im Sinn Carmillas Angewohnheit, das Zimmer zur Nachtruhe zu verschließen, angenommen. Auch ihre Vorsichtsmaßnahme das Zimmer nach sich „eingenisteten" Räuber oder Mördern abzusuchen, hatte ich mir zu eigen gemacht.

Diese klugen Vorkehrungen vorgenommen ging ich zu Bett und schlief ein. Ein Nachtlicht brannte im Zimmer. Dies war eine alte Angewohnheit aus frühen Kindheitstagen und nichts hatte mich je dazu bewegt, sie aufzugeben.

Der Art beschützt, hätte ich einer friedlichen Nachtruhe entgegen sehen sollen. Doch Mauern und Türe halten Träume nicht ab. Sie erhellen dunkele Räume oder verdunkeln helle. Ihre Protagonisten machen sich sich über Riegel und Schlösser lustig, sie erscheinen und verschwinden, wie es ihnen gefällt.

In jener Nacht besuchte mich ein Traum, der den Anfang eines sehr sonderbaren Leiden markieren sollte.

Es fällt mir schwer, es als Traum oder besser gesagt als Albtraum zu bezeichnen, war ich mir doch die ganze Zeit

Ein sonderbares Leiden

über bewusst, dass ich schlief. Gleichermaßen war ich mir aber auch des Raumes bewusst und konnte mich im Bett liegen sehen. Ich sah den ganzen Raum, das Mobiliar und alles genau so wie ich es zuvor im Wachen gesehen hatte, nur das der Raum in tiefer Finsternis getaucht war. Es was so als ob ich mich frei umher bewegen könne, in dieser Art außerkörperlichen Zustand blickte ich hinab auf meinen schlafenden Körper. Da bemerkte ich, dass sich am Fuße meines Bettes etwas bewegte. Zunächst konnte ich nicht ausmachen, was genau es war, doch dann erkannte ich das schimmernde, schwarze Fell eines Raubtieres, welches einer monströsen Katze glich. Es schien mir vielleicht vier oder fünf Fuß lang zu sein, maß es doch in etwa die Länge des Kaminvorlegers, über welchen es rastlos schlich. Mit der geschmeidigen und unheimlichen Unruhe einer in einem Käfig gefangenen Wildkatze schritt es vor dem Bett hin und her. Obwohl ich, wie Sie vielleicht bereits vermuten, panische Angst verspürte, war ich außer Stande zu schreien. Schlief ich doch ruhig in meinem Bett.

Die Geschwindigkeit, mit der das Biest seine Bahnen zog, nahm zu und je schneller es sich bewegte, desto dunkler wurde der Raum. Bald war es so finster, dass ich nur noch die leuchtenden Augen des Tieres im tiefen Schwarz sah. Ich vernahm, wie es unter meine Bettdecke kroch und dort die Konturen einer Frau annahm. Mit ihrer feuchten, warmen Zunge fuhr sie meinen Körper entlang, hinauf zu meiner Brust und erreichte mein Dekolleté. Unter ihren Liebkosung wandte sich mein schlafender Körper hin und her, streckte sich dem Ungeheuer entgegen. Aus ihren streichelnden Berührungen wurden kräftige, fordernde Griffe.

Da durchfuhr mich plötzlich ein gewaltiger, stechender Schmerz. Mir war, als wurden mir zwei lange Nadel im Abstand von ein oder zwei Zoll[xviii] zu einander in den Hals gestochen. Ein kalter, gleichzeitig brennender Schmerz reichte bis tief in meine Brust. Nun erwachte ich schreiend. Der Raum war durch die noch immer brennende Kerze des Nachtlichts ausreichend beleuchtet. Meine Bettdecke war beiseite geworfen und am Bettende zur rechten Seite hin erkannte ich eine weibliche Gestalt. Sie war unverhüllt und ihre offenen Haare fielen über ihre Schulter. Ein Felsblock hätte nicht bewegungsloser da stehen können, nicht einmal das leiseste Anzeichen einer Atmung war zu vernehmen. Als ich genauer hinsah, um zu erkennen, wer das seien könnte, hatte sie sich, ohne dass ich die Bewegung erkennen konnte, der Tür genähert, dann öffnete sich die Tür wie von selbst und sie war verschwunden.

Erleichtert und wieder in der Lage frei atmen zu können, griff ich mir an den Hals und an die Brust. Verwirrt richtete ich mein offenes Nachthemd. Zunächst glaubte ich, dass Carmilla mir einen Streich gespielt hatte, und dass ich vielleicht vergessen hatte, die Tür zu verriegeln. So eilte ich zur Tür, musste aber feststellen, dass sie wie gewöhnlich von innen verschlossen war. Ich war so entsetzt, dass ich mich davor fürchtete, sie zu öffnen. Also flüchtete ich mich zurück in mein Bett und versteckte mich unter der Bettdecke. Regungslos, mehr tot als lebendig, lag ich dort wach bis in die Morgenstunden.

VII
Der Niedergang

Es wäre vergeblich, zu versuchen, Ihnen das Grauen zu erklären, welches ich damals verspürte, und das mich, da ich mir die Vorkommnisse jener Nacht in Erinnerung hole, auch jetzt wieder ergreift. Es ist nicht eine dieser vorübergehenden Ängste, welche ein Albtraum hinterlässt, und die der Tag in der Lage ist zu vertreiben. Nein! Dieses Schrecken verankerte sich über die Zeit hinweg tief in mir, hatte es doch die Macht mit meiner Umwelt zu interagieren.

Am folgenden Tag konnte ich es nicht ertragen, auch nur einen Augenblick alleine zu sein. Zwei Gründe hielten mich davon ab, meinem Vater von den Vorkommnissen der Nacht zu erzählen. Einerseits befürchtete ich, dass er das Erlebte nur als einen Traum ansah, den er mit einem Witz wegreden könnte. Kaum hätte ich es ertragen, die Tortur als Scherz abgetan zu sehen. Andererseits dachte ich, dass er vielleicht überreagiere und er erkläre, dass diese geheimnisvolle Krankheit, die in der Gegend grassierte, auch mich befallen habe. Diese Möglichkeit hatte ich für mich aber bereits ausgeschlossen, und da mein Vater in letzter Zeit selber etwas angeschlagen war, hatte ich Bedenken, ihn unnötigerweise der Art zu beunruhigen.

So begab ich mich in die Gesellschaft meiner gutmütigen Gouvernanten, Madame Perrodon und die lebhafte Mademoiselle De Lafontaine. Die beiden bemerkten meine geistesabwesende Unruhe und schließlich erzählte ich ihnen, was mir so schwer auf dem Herzen lag.

Während Mademoiselle lachte, meinte ich in Madame Perrodons Reaktion, Besorgnis zu erkennen.

„Auf der Allee zwischen den Linden", so lachte Mademoiselle, „hinter Carmillas Schlafzimmerfenster, dort soll es ja auch spuken!"

„Unsinn!", rief Madame, die das Thema für unangebracht hielt, „wer erzählt denn solche Geschichten, meine Liebe?"

„Also Martin meint, in der Woche als das alte Feldtor repariert wurde, sei er zweimal dort vor Sonnenaufgang entlang gegangen, und beide Male habe er ein und dieselbe weibliche Gestalt den Weg hinuntergehen gesehen."

„Na bestimmt hat er das, unten am Fluss werden doch die Kühe gemolken", erklärte Madame.

„Das mag sein. Aber Martin ist überzeugt, ein Schreckgespenst gesehen zu haben, und ich habe noch keinen Narren, der Art von einem Gespenst überzeugt, gesehen wie diesen."

„Bitte erzählen sie Carmilla davon kein Wort", unterbrach ich, „der Weg führt geradewegs zu ihrem Schlafzimmerfenster, und sie ist, wenn das überhaupt möglich ist, noch schreckhafter als ich es bin."

Carmilla kam an diesem Tag später als sonst aus ihrem Zimmer.

„Ich hatte solche Angst letzte Nacht", begann sie als sie sich zu uns setzte, „und ich bin mir sicher, mir wäre etwas zugestoßen, wenn ich nicht das Amulett bei mir gehabt hätte, das wir dem armen kleinen Gaukler, den ich die Tage so fürchterlich beschimpfte, abgekauft haben. Ich habe geträumt, dass etwas Schwarzes um mein Bett herum geschlichen ist, und voller Entsetzen bin ich aufgewacht und tatsächlich war da etwas unter meiner Decke. Ich spürte wie zwei Hände meine Beine entlang strichen und sich ihren Weg nach oben suchten. So griff ich nach dem Papierstreifen mit dem Schutzzauber, den ich unter meinem Kissen hatte. Kaum dass ich das Amulett berührte, verschwand die Kreatur aus meinem Bett und für einen Augenblick dachte ich, eine dunkle Gestalt nahe des Kamins stehen zu sehen. Ich bin mir ganz sicher, das Amulett hat die Kreatur davon abgehalten, mich anzufallen und mich zu erwürgen, so wie es doch den armen Leuten geschehen ist, wie man uns erzählt hat."

„Auch ich wurde heute Nacht besucht", begann ich von meiner nächtliche Begegnung zu erzählen. Meine Schilderungen schienen sie sichtlich zu entsetzen.

„Und hattest du auch das Amulett bei dir?", fragte sie aufrichtig.

„Nein, ich habe es in eine der Porzellanvasen im Salon fallen lassen, aber ich werde es herausholen und heute Nacht bei mir haben, wenn du so sehr darauf vertraust."

Nach all der Zeit kann ich Ihnen weder sagen oder gar selber verstehen, wie ich mein Entsetzen damals so schnell überwinden und mich am Abend alleine auf mein Zimmer zur Bettruhe begeben konnte. Ganz genau kann ich mich noch erinnern, wie ich das Amulett an meinem Kopfkissen befestigte. Nahezu unverzüglich schlief ich ein. Und mein Schlaf in dieser Nacht war besser, tiefer als gewöhnlich.

Auch die folgende Nacht überstand ich gut. Mein Schlaf war angenehmerweise tief und traumlos. Allerdings erwachte ich morgens mit einem Gefühl der Abgeschlagenheit und Melancholie, welches jedoch nicht so ausgeprägt war, als dass man es nicht als Bequemlichkeit hätte genießen können.

„Na, ich habe es dir doch gesagt", war Carmilla erfreut, als ich ihr von meinem guten Schlaf berichtete. „Ich habe letzte Nacht auch wunderbar geschlafen. Das Amulett habe ich jetzt an meine Nachthemd geheftet", erklärte sie, „Die andere Nacht war es zu weit weg von mir. Man meint ja, dass böse Geister die Albträume verursachen, aber unser Doktor sagte mir, das dem nicht so sei. Es sei nur ein vorübergehendes Fieber oder ein anderes Leiden, welches, wie er mir erklärte, an die Türe klopfe und uns so erschreckt, aber dann auch wieder verschwindet, weil sie nicht hineingelassen wurde."

„Aber was hat es dann mit dem Amulett auf sich?", wollte ich wissen.

„Vermutlich ist es mit Dämpfen behandelt oder in eine Arznei getaucht worden, so dass es nun ähnlich wie die Mittel gegen die Malaria wirkt", spekulierte sie.

„Dann hat es also nur Einfluss auf das Körperliche?"

„Aber natürlich! Du glaubst doch nicht etwa, dass böse Geister sich von einem Fetzen Papier oder den Gerüchen aus einem Apothekerschrank fürchten. Nein, diese Beschwerden, die sich über die Luft verbreiten, schlagen zuerst auf die Nerven und beeinträchtigen so die Gesundheit. Doch bevor sie uns nun befallen können, wirkt das Gegenmittel und stößt sie ab. Ich bin mir ganz sicher, so wirken diese Amulette. Da ist nichts magisches dran, es ist vollkommen natürlich."

Hätte ich Carmillas Theorien nur ein wenig mehr Glauben schenken können, wäre es mir wahrscheinlich besser gegangen. Ich habe es versucht und tatsächlich ließ der Einfluss, den die Erscheinung auf mich ausübte, ein wenig nach.

Für einige Nächte schlief ich tief und fest, doch nach wie vor fühlte ich mich morgens abgeschlagen und den ganzen Tag über wog eine erdrückende Trägheit schwer auf mir. Ich war wie ausgewechselt. Eine sonderbare Melancholie, der ich mich nicht entziehen konnte, hatte sich auf mein Gemüt gelegt. Dunkle Todesgedanken erhielten Einzug, und das vage Gefühl, langsam zu versinken, ergriff dezent und ohne Gegenwehr meinerseits Besitz von mir. Wenn auch ein traurige so war meine Gemütslage, die sich bei mir einstellte, doch auch bittersüß.

Der Niedergang

Was immer es auch gewesen seien mag, meine Seele fügte sich.

Ich gestand mir meine Krankheit nicht ein und ich konnte mich weder dazu entscheiden, meinem Vater davon zu erzählen, noch einen Arzt kommen zu lassen.

Die Hingabe mit der Carmilla sich mir zuwendete wurde stärker denn je und ihre absonderlichen Anfälle der schmachtenden Verehrung kamen nun häufiger vor. Zunehmend ergötze sie sich in einer abgöttischen Bewunderung an meinen schwindenden Kräfte. In diesen Augenblicken ließ sie ein Wahnsinn erkennen, der mich schockierte.

Ohne mir dessen bewusst zu werden, befand ich mich nun in einem ziemlich fortgeschrittenen Stadium der wohl seltsamsten Krankheit, an der je ein Sterblicher gelitten hat. Die unerklärliche Faszination ihrer anfänglichen Symptome ließen mich den entkräftenden, beinah lähmenden Effekt der Krankheit hinnehmen. Diese Faszination wuchs über eine Zeit lang an, bis sie einen Punkt erreicht hatte, an dem sich allmählich die Vorahnung eines drohenden Grauen darunter mischte. Eine Vorahnung dessen, wie Sie im weiteren Verlauf erfahren werden, was sich tief in mir manifestierte und mein ganzes Dasein verdunkeln und pervertieren sollte.

Die erste Veränderung, die ich bemerkte, war anfänglich ziemlich angenehm. Das war kurz vor dem Wendepunkt, nach dem der Abstieg in den Avernus[xix] begann.

Im Schlaf überkamen mich eigenartige, diffuse Empfindungen, die vorherrschende war von der angenehmen, doch ungewöhnlichen Art des kalten Nervenkitzels, den wir beim Baden verspüren, wenn wir uns gegen die Strömung des Flusses bewegen. Dieses Gefühl wurde bald von endlos erscheinen Träumen begleitet, die so verschwommen und unklar waren, dass ich mich nie an auftretenden Personen oder an Handlungen erinnern konnte. Nichtsdestotrotz hinterließen sie in mir den schrecklichen Eindruck und das Gefühl der Erschöpfung, so als wäre ich eine Zeit lang größter geistiger Anstrengung und einer drohenden Gefahr ausgesetzt gewesen. Einmal aus diesen Träumen erwacht, blieben die Erinnerung zurück, an einem sehr dunklen Ort gewesen zu sein, und mit Menschen gesprochen zu haben, die ich nicht sehen konnte. Insbesondere war da diese eine klare, weibliche, sehr tiefe Stimme, die zu mir sprach, als sei sie weit entfernt. Sie hinterließ immer das gleiche Gefühl der unbeschreiblichen Feierlichkeit und Angst. Manchmal war es mir so, als streiche eine Hand langsam an meinem Hals und Nacken entlang. Zwischen den Schulterblättern fuhr sie meiner Wirbelsäule entlang, um mich dann um meine Taille herum zu ergreifen und mich herabzuziehen. Ein anderes Mal spürte ich, ich wie mich warme Lippen küssten. Aus dem Nichts heraus übersäten viele kleine Küsse meinen wehrlosen Körper, sie bahnten sich ihren Weg meinem Körper entlang. Immer länger dauerten sie an und immer zärtlicher wurden sie, bis die weichen, heißen Lippen meinen Hals erreicht hatten, um dort zu verweilen. Mein Herz schlug schneller, mein Atem stieg und fiel schnell wieder ab, um dann gehalten zu werden. Mein Blut geriet in Wallung, während mich eine unsichtbare Kraft umschlungen hielt. Gespannt sehnte ich mich da nach, dass die Lippen die meinen finden. Doch stattdessen setzte ein Schluchzen ein, einhergehend mit dem Gefühl erdrückt, nein erwürgt zu werden. Dieses Gefühl wandelte sich in einen furchtbaren Krampf, der mir dann meine Sinne raubte und mich bewusstlos zurückließ. Des Tags über träumte ich davon und sehnte mich danach, dass die Liebkosungen in der nächsten Nacht ein anderes Ende nahmen.

Der Niedergang

Drei Wochen nachdem dieser rätselhafte Zustand und diese kräftezehrenden Träume begonnen hatten, war mir mein Qual auch anzusehen. Ich wurde blasser, hatte erweiterte Pupillen und dunkle Ringe unter den Augen. Auch die Trägheit, an der ich schon des längeren litt, fing nun an, sich in meinem Betragen zu zeigen.

Als sich dann auch mein Vater vermehrt nach meiner Gesundheit erkundigte, versicherte ich ihm mit einem Starrsinn, der sich mir heute nicht mehr erschließt, dass ich wohl auf sei.

In einem gewissen Maße entsprach es ja auch der Wahrheit, so hatte ich doch keine Schmerzen oder sichtliche körperliche Einschränkungen. Ich überzeugte mich, dass meine Beschwerden entweder eingebildet oder auf die Nerven zurückzuführen seien, und so schrecklich ich auch unter ihnen litt, behielt ich sie krankhaft für mich.

Es konnte doch unmöglich dieses grauenhafte Leiden sein, welches die Bauern einem Umpyr zuschrieben. So war ich doch nun schon seit drei Wochen in diesem Zustand, während die armen Leute selten länger als drei Tage litten, bevor der Tod sie aus ihrer Misere erlöste.

Auch Carmilla klagte über fieberhafte Träume und Sinneseindrücke, doch keineswegs der Art alarmierend wie die meinigen. Wäre ich damals besser in der Lage gewesen, das Ausmaß meines Zustandes zu verstehen, hätte ich auf Knien um Hilfe und Rat gebeten. Doch die Wirkung der Träume war berauschend und betäubend zugleich und nahm mir die Fähigkeit, die Dinge klar und deutlich wahrzunehmen.

Ich werde Ihnen jetzt von einem Traum erzählen, in Folge dessen die Dinge in einem neuen Licht erschienen.

Eines Nachts, hörte ich im Dunkeln anstatt der gewohnten tiefen Stimme eine andere klare, süße und liebliche

Stimme, die mir aber auch zugleich Angst einflößte. Sie sprach zu mir: „Höre auf die Warnungen deiner Mutter, nimm' dich in Acht vor dem Mörder." Im selben Augenblick wurde es schlagartig hell und ich sah Carmilla am Fußende meines Bettes stehen, nur in einem zerrissenen, weißen Laken gehüllt und von Kopf bis Fuß mit Blutspritzern übersät. Sie hob ihre Arme, als wollte sie nach mich umarmen, doch etwas zog sie von mir weg.

Mit dem schrecklichen Gedanken erfüllt, dass Carmilla etwas angetan wurde, erwachte ich aus meinem Traum. Ich sprang kreischend aus meinem Bett und das nächste, was ich bildlich vor meinen Augen habe, ist, wie ich barfuß in meinem Nachthemd in dem hohen Schlosskorridor stehe und nach Hilfe rufe.

Madame und Mademoiselle kamen aufgeschreckt aus ihren Schlafgemächern, fanden mich im Schein des auf dem Flur brennenden Nachtlichts. Überhastet und aufgebracht erzählte ich ihnen von meinem Traum und bestand darauf, dass sofort nach Carmilla geschaut wurde. Doch unser Klopfen an ihre Tür blieb unbeantwortet.

So wurde aus unserem Klopfen und Flüstern ein Hämmern und Rufen. Laut schrien wir ihren Namen, doch alles war vergebens.

Nun ergriff uns die Angst, denn ihre Türe war wie jede Nacht verschlossen. Panisch eilten wir zurück in mein Zimmer und läuteten die Schelle. Wären die Gemächer meines Vaters in diesem Flügel des Schlosses gewesen, so hätten wir ihn geweckt und zur Hilfe gerufen. Aber, leider waren seine Ohren nicht mehr allzu gut und zu ihm zugehen, bedeutete einen langen Ausflug durch das dunkle Schloss zu unternehmen, wozu keine von uns den Mut aufbrachte.

Bedienstete eilten bereits die Treppen hinauf. Zwischenzeitlich hatte ich mir schnell meinen Morgenmantel und meine Slipper angezogen und meine Begleiterinnen waren ähnlich ausgestattet. Wie wir die Stimmen der Bediensteten hörten, gingen wir zurück zu Carmillas Zimmertür. Da wir immer noch keine Antwort aus dem verschlossenen Raum bekamen, wies ich die Männer an, das Türschloss aufzubrechen. Die Tür öffnete sich und wir standen mit erhobenen Kerzenleuchtern im Eingang und starrten in das dunkle, ruhige Zimmer.

„Carmilla", rief ich fragend ihren Namen. Doch wir bekamen noch immer keine Antwort, so betraten wir den Raum und sahen uns um. Alles war unverändert. Das Zimmer war genau in dem Zustand, wie ich es am Abend zuvor verlassen hatte. Alles war an seinem Platz, nur Carmilla war nicht aufzufinden.

VIII
Die Suche

Da das Zimmer – abgesehen von der von uns aufgebrochenen Tür – keine Anzeichen für irgendwelche außergewöhnliche Vorkommnisse aufwies, begann sich unsere Panik langsam zu legen. So beruhigt, baten wir die Männer sich zurückzuziehen, da Mademoiselle doch die Möglichkeit in Erwägung gezogen hatte, dass Carmilla aufgrund des Lärms vor ihrer Tür das Bett verlassen habe, um sich in einem der Schränke oder hinter einem Vorhang zu verstecken und nun, selbstverständlich, nicht aus ihrem Versteck hervorkommen könne, bevor nicht der Hausmeister und seine Untergebenen ihr Gemach verlassen haben. Kaum waren die Männer aus

Carmilla

dem Zimmer gegangen, nahmen wir die Suche nach ihr wieder auf, schauten in mögliche Verstecke, riefe sie beim Namen und erklärten ihr, dass es nun sicher sei, herauszukommen.

All dies blieb aber ohne Erfolg. Unsere Verwirrung und Aufregung nahmen wieder zu. Wir überprüften auch die Fenster, welche aber alle von Innen verschlossen waren. Ich flehte Carmilla an, wenn sie sich im Raum aufhielte, diesen gemeinen Streich doch nun bitte zu beenden; herauszukommen und uns unsere Sorge um sie zu nehmen. Doch all unsere Mühen waren umsonst. Ich kam zu dem Schluss, dass Carmilla sich weder im Zimmer, noch in der Ankleide befand, deren Tür von unserer Seite aus verschlossen war. Hatte Carmilla vielleicht einen dieser Geheimgänge entdeckt? Die alte Haushälterin war von deren Existenz überzeugt, auch wenn niemand mehr die genauen Eingänge kannte. So völlig ratlos wir zu diesem Zeitpunkt auch waren, so würde sich ohne Zweifel alles in Kürze aufklären.

Es war bereits nach vier Uhr, und ich zog es vor, die verbleibenden Stunden der Dunkelheit in Madames Zimmer zu verbringen. Auch das Tageslicht brachte keine Lösung für das Problem.

Am nächsten Morgen war der gesamte Haushalt mit meinem Vater an der Spitze in heller Aufruhr. Das Schloss wurde gründlichst durchsucht. Selbst der Schlossgraben wurde abgeschritten, doch von dem vermissten Mädchen gab es keine Spur. Man schickte sich gar an, die Suche auf den Fluss auszudehnen. Mein Vater war wahrlich der Verzweiflung nahe. Was sollte er nur der Mutter der Vermissten bei ihrer Rückkehr sagen? Auch ich war außer mir, mein Kummer war allerdings einer anderen Art.

Die Suche

Der Vormittag verging in heller Aufregung und Aufruhr. Es war bereits ein Uhr und noch immer gab es kein Anzeichen über ihren Verbleib, als ich zurück in Carmillas Zimmer ging und sie dort zu meiner Überraschung an ihrem Schminktisch stehend fand. Ich traute meinen Augen nicht. Schweigend winkte sie mich mit ihren eleganten Finger zu sich. Die blanke Angst stand ihr im Gesicht geschrieben.

Von meiner Freude überwältigt rannte ich zu ihr, umarmte und küsste sie wieder und wieder. Ich läutete die Zimmerglocke, um die anderen zu uns zubringen, so dass sie auch meinen Vater informieren und ihm die Sorgen nehmen konnten.

„Liebste Carmilla, was ist denn geschehen? Wir hatten solche Angst um dich", überschlug ich mich. „Wo bist Du nur gewesen? Wie bist du zurück in dein Zimmer gekommen?"

„Letzte Nacht war äußerst mysteriös", sagte sie.

„Um Himmels willen, erzähl' schon!"

„Es war nach zwei Uhr letzte Nacht", begann sie, „und wie gewöhnlich hatte ich die Türe sowohl zum Korridor als auch zur Ankleide verschlossen, bevor ich zu Bett ging. Ich schlief auch ohne Probleme ein und mein Schlaf war ununterbrochen und soweit ich weiß traumlos. Gerade eben erst bin ich dort auf dem Sofa in der Ankleide erwacht und finde den Raum offen vor, die Tür zur Ankleide geöffnet, die Zimmertür aufgebrochen. Wie konnte all das passieren, ohne dass ich davon geweckt wurde? So etwas muss doch mit erheblichen Lärm einhergegangen sein und ich habe doch sonst einen so leichten Schlaf. Wie kann ich aus meinem Bett auf das Sofa getragen worden sein, ohne dass ich nicht einmal aus meinem Schlaf erwacht bin? Wo ich doch sonst bei dem kleinsten Laut aufschrecke!"

Carmilla

Inzwischen waren Madame, Mademoiselle, mein Vater und weitere Bedienstete in den Raum gekommen. Carmilla wurde natürlich mit Fragen, Glückwünschen und Begrüßungen überhäuft. Sie wiederholte immer wieder die gleiche Geschichte und schien am wenigsten von allen Anwesenden eine Erklärung für das Geschehene abzugeben.

Mein Vater ging in Gedanken versunken im Raum auf und ab. Ich bemerkte, wie Carmilla ihn mit einem verschlagenen und dunklen Gesichtsausdruck für einen kurzen Moment lang mit ihren Augen folgte.

Nachdem mein Vater die Bediensteten weggeschickt hatte und Mademoiselle etwas Baldrian und Hirschhornsalz[xx] holen gegangen war, waren außer Carmilla nur noch Madame, mein Vater und ich im Raum anwesend. Da kam mein Vater nachdenklich zu ihr, nahm freundlich ihre Hand und setzte sich mit ihr auf das Sofa.

„Erlauben Sie mir, meine Gute, dass ich eine Vermutung äußere und eine Frage stelle?"

„Wer könne mehr Anrecht haben als Sie?", erwiderte sie, „Fragen Sie mich, was Sie wissen wollen. Ich werde Ihnen alles sagen. Doch was ich zu berichten weiß, ist einfach wie verwirrend und dunkel. Ich weiß nichts weiter. Stellen Sie mir gerne Ihre Fragen, aber bitte verstehen Sie auch, dass meine Mutter mir Einschränkungen auferlegt hat."

„Perfekt, mein liebes Kind. Ich werde keine Dinge ansprechen, die unter Ihre Schweigepflicht fallen. Nun, das Mysterium der letzten Nacht besteht hauptsächlich in dem Umstand, dass Sie aus Ihrem Bett und aus Ihrem Zimmer entfernt wurden. All dies geschah, während die Fenster verriegelt und die Türen von Innen verschlossen waren. Ich werde Ihnen meine Theorie erklären, zuvor noch die eine Frage stellen."

Die Suche

Niedergeschlagen stützte Carmilla sich auf ihre Hand, während Madame und ich den Atem anhielten und gespannt lauschten.

„Nun meine Frage ist diese. Wurde jemals der Verdacht geäußert, dass Sie schlafwandeln?"

„Seit meiner Kindheit nicht mehr."

„Aber damals, als Sie jung waren, da haben Sie durchaus im Schlaf gewandelt?"

„Ja. Nicht, dass ich mich selber daran erinnere, aber meine alte Kinderfrau hat es mir oft erzählt."

Mein Vater nickte lächelnd.

„Nun ich vermute, wie es sich wohl zugetragen hat, ist wie folgt. Sie sind schlafend aufgestanden, haben das Zimmer verlassen und die Tür hinter sich wieder verschlossen. Anschließend sind sie vermutlich den Schlüssel mit sich tragend in einen der fünfundzwanzig anderen Räume auf dieser Etage oder gar vielleicht nach oben oder unten gegangen. Wir haben hier zahlreiche Räume, Schränke, so viele schwere Möbel und Gerümpel, dass es wohl eine Woche bräuchte, um dieses alte Haus gründlich zu durchsuchen. Wenn Sie verstehen, was ich meine?"

„Ich verstehe nicht alles, aber ich versuche zu folgen", antwortete sie.

„Wie aber dann, Papa", warf ich ein, „erklärst du, dass sie hier auf dem Sofa in der Ankleide aufgewacht ist, obwohl wir doch auch diesen Raum sorgfältig abgesucht haben?"

„Sie kam noch schlafwandelnd hierher zurück, nachdem das Zimmer durchsucht war. So ist sie dann hier erwacht und war, wie alle anderen auch, erstaunt darüber sich in der Ankleide wiederzufinden. Nun, ich wünschte alle Rätsel ließen sich so einfach und unverfänglich erklären wie das

Ihre", lachte mein Vater erleichtert. „So dürfen wir uns zu der Gewissheit beglückwünschen, dass die Erklärung der Vorgänge ausschließlich mit natürlichen Umständen auskommt, ohne dabei auf Betäubungsmittel, auf manipulierte Türschlösser, auf Einbrecher, auf Giftmörder oder Hexerei zurückzugreifen. Es gibt also nichts, was Carmilla oder irgendjemand anderen um unsere Sicherheit fürchten lassen muss."

Carmilla so sah charmant aus. Nichts war schöner als ihr Teint. Ihre blasse Schönheit wurde, wie ich fand, durch ihre anmutige Schwermut nur noch verstärkt. Ich glaube, mein Vater hatte ihr Aussehen stillschweigend dem Meinen gegenübergestellt, denn er fügte seufzend hinzu: „Ich wünschte meine arme Laura sähe wieder mehr wie ihr gesundes Selbst aus."

So legten sich die Aufregung glücklicherweise wieder und Carmilla war wieder unter ihren Freunden.

IX
Der Doktor

Da Carmilla sich weiterhin weigerte, eine Dienerin bei sich im Zimmer schlafen zu lassen, veranlasste mein Vater, dass jemand vor ihrer Tür nächtige, so dass sie im Fall eines erneuten nächtlichen Ausflugs sofort auf dem Flur abgefangen werden könne.

Die folgende Nacht verlief ruhig und am frühen Vormittag kam der Doktor, nach dem mein Vater, ohne mir davon ein Wort zu sagen, meinetwegen hatte schicken lassen. Madame begleitete mich in die Bibliothek, wo der grimmige, kleine Arzt mit weißem Haar und Brille auf mich wartete.

Der Doktor

Ich erzählte ihm meine Geschichte und in deren Verlauf wurde seine Miene zunehmend ernster.

Wir standen uns in einer Auslucht[xxi] eines Fensters gegenüber. Mit einer Schulter an die Wand gelehnt folgte er meinen Schilderungen und nachdem ich diese beendet hatte, starrte er mich wie versteinert an. In sein ehrliches Interesse hatte sich erkennbar Anzeichen des Entsetzens gemischt.

Nach einer kurzen Bedenkzeit, richtet er an Madame die Bitte, meinen Vater sehen zu dürfen.

So wurde nach ihm geschickt. Als mein Vater den Raum betrat, sagte er auf den Mediziner zukommend und mit einem aufgesetzten Lächeln: „Sicherlich, Herr Doktor, werden Sie mir erklären, dass Sie mich für einen Narren halten, dass ich Sie für eine Lappalie hierher bestellt habe. Das hoffe ich doch sehr."

Sein Lächeln verschwand jedoch, als der Angesprochene ihn mit einem ernsten Gesichtsausdruck zu sich bat.

Für eine geraume Zeit unterhielten sich die beiden Männer in derselben Auslucht, in der ich kurz zuvor dem Arzt meinen Bericht erstattet hatte. Wie es schien, war es zwischen ihnen ein ernstes Für und Wider. Der Raum war recht groß und ich stand mit Madame am anderen Ende neugierig wartend zusammen. Das Gespräch selber konnten wir nicht hören, sprachen sie doch leise und standen zudem noch mit dem Rücken zu uns so tief in der Auslucht, das der Herr Doktor nahezu ganz verdeckt war und ich von meinem Vater nur ein Bein, Arm und Schulter sehen konnten. Der Wortwechsel war vermutlich umso weniger verständlich, als dass die Wände und Vorhänge den Schall zusätzlich schluckten.

Nach ein Weile wandte sich mein Vater zu mir. Sein Gesicht war bleich, nachdenklich und, so meine ich erkannt zu haben, verstört.

„Laura, Liebes, bitte komm' doch für einen Moment her. Madame, der Doktor sagt, dass wir im Augenblick Ihrer Dienste nicht weiter bedürfen."

Wie ich mich den beiden näherte, verspürte auch ich das erste Mal ein beängstigendes Missbehagen. Denn obwohl ich sehr schwach war, fühlte ich mich nicht krank und zu Kräften, so meint man ja, komme man schon wieder, sobald man nur daran arbeite. Doch nun kam in mir das Gefühl auf, dass mit mir vielleicht doch etwas nicht stimmte. Mein Vater streckte mir, als ich näher kam, seine Hand entgegen, schaute aber den Arzt an und sprach: „Das ist doch alles sehr eigenartig. Ich verstehe nicht ganz. Laura! Komm' zu uns, Liebes! Nun höre Herrn Doktor Spielsberg genau zu und versuche dich zu erinnern."

„Zuvor erwähnten Sie, das Sie in der Nacht, als Sie das erste mal diesen schrecklichen Traum hatten, spürten, wie Sie zwei Nadeln irgendwo im Bereich Ihres Halses stachen. Haben Sie an dieser Stelle noch immer Schmerzen?", wollte er wissen.

„Nein, überhaupt nicht", antwortete ich.

„Können Sie mit Ihrem Finger auf die Stelle deuten, an der Sie diesen Stich verspürten?"

„Etwas unterhalb der Kehle, zur Linken – hier", erklärte ich. Das hochgeschlossene Hauskleid, welches ich trug, verdeckte die Stelle, auf die ich zeigte.

„Nun überzeugen Sie sich selbst", sagte der Doktor.

„Sie werden doch sicherlich Ihrem Papa erlauben, das Kleid ein wenig bei Seite zu schieben. Es ist notwendig, um Anzeichen der Krankheit, unter der Sie womöglich leiden, zu entdecken", erklärte er mir. Ich willigte ein, befand sich die Stelle doch kaum mehr als einen Daumenbreit[xviii] unterhalb der Kante meines Kragens.

"Gott bewahre! – Tatsächlich, es ist wie Sie sagen!", stieß mein Vater hervor und sein Gesicht erbleichte weiter.

"Da sehen Sie es mit Ihren eigenen Augen", konstatierte der Doktor mit einem leichten, doch düsteren Anklang des Triumphs in der seiner Stimme.

"Was? Was ist es?", wollte ich erschrocken wissen.

"Nichts, meine Gute, nichts weiter als ein kleiner, blauer Fleck, vielleicht eine Fingerspitze breit. Und nun", fuhr er fort, als er das Wort wieder an meinen Vater richtete, "stellt sich die Frage, wie man am Besten damit umgeht."

"Befinde ich mich in irgendeiner Gefahr?", drängte ich nun auf das Äußerste beängstigt dem Arzt meine Frage auf.

"Ich denke nicht, meine Gute", antwortete Doktor Spielsberg. "Es gibt keinen Grund, warum sie sich nicht wieder vollständig erholen sollten. Nichts spricht dagegen, dass sie sich nicht unverzüglich wieder besser fühlen sollten", versuchte er mich zu beruhigen. "An dieser Stelle ist es auch, an der das Gefühl der Erdrosselung beginnt?"

"Ja", bestätigte ich.

"Und – sofern Sie sich erinnern können – ist das auch der Ausgangspunkt dieses Empfindens des Schauers, welches Sie mir als »die sie ergreifende Strömung eines kalten Flusses« beschrieben?"

"Es könnte sein. Ich denke, so war es."

"Na, sehen Sie?", wandte er sich zu meinem Vater und bot an: "Solle ich noch ein Wort an Madame richten?"

"Sicherlich, bitte", willigte mein Vater ein.

Er rief Madame zu sich und erklärte: "Der Gesundheitszustand unserer jungen Freundin hier ist gar nicht zufriedenstellend. Ich hege aber die Hoffnung, dass es nichts ernsthaftes seien wird. Doch wird es notwendig seien, dass einige Vorkehrungen diesbezüglich getroffen werden. Diese werde ich Ihnen bei Zeiten erläutern. Vorerst, Madame, seien Sie bitte so gut und lassen Sie das Fräulein Laura keinen Augenblick alleine. Dies ist derweil die einzige Anweisung, die ich geben kann. Allerdings ist dieser Vorschrift unbedingt Folge zu leisten."

„Wir können Ihnen doch diese Aufgabe anvertrauen, Madame, da bin ich mir sicher", fügte mein Vater dem hinzu. Eifrig bestätigte Madame.

„Und du, liebe Laura, ich weiß, auch du wirst dem Rat des Herrn Doktors befolgen", legte er mir auf und richtete das Wort wieder an den Mediziner: „Ich muss Ihre Meinung zu einer weiteren Patientin einholen, deren Symptome denen, welche Ihnen meine Tochter beschrieben hat, ähneln – wenn auch bei weitem nicht so ausgeprägt, so doch, fürchte ich, liegt auch hier die gleiche Ursache zugrunde. Die junge Dame ist unserer Gast und ist noch nicht auf. Sie kommt erst nach dem Mittag herunter. Da Sie mir nun sagten, dass Ihr Weg Sie heute Abend wieder hier vorbeiführen wird, wäre doch nichts passender, als dass Sie hier mit uns zu Abend essen und Sie sich bei dieser Gelegenheit die junge Dame einmal genauer ansehen."

„Ich danke Ihnen für Ihre Einladung", sagte Doktor Spielsberg und man verständigte sich auf sieben Uhr am Abend.

Eindringlich wiederholte mein Vater die auferlegte Anweisung an Madame und mich und geleitete anschließend den Doktor hinaus. Am Fenster stehend sah ich, wie sie auf dem grasbewachsenen Streifen zwischen Weg und Schlossgraben verweilten und offensichtlich in einem ernsthaften Gespräch vertieft waren.

Doktor Spielsberg kam nicht mehr zurück ins Schloss, er bestieg sein Pferd und ritt ostwärts in den Wald.

Der Doktor

Beinah gleichzeitig traf ein Mann aus Dransfeld mit der Post ein. Er stieg ab und überreichte meinem Vater die Posttasche.

In der Zwischenzeit stellten Madame und ich Vermutungen über die Gründe auf, warum der Doktor und mein Vater nur diese eine recht simple Anweisung gegeben hatten und dieser aber mit ihrer äußersten Ernsthaftigkeit einen so hohen Nachdruck verliehen hatten. Madame hatte, wie sie mir erzählte, die Sorge gehabt, dass der Herr Doktor einen plötzlichen Anfall befürchtete, und dass ohne sofortige Hilfe Gefahr für Leib und Leben bestünde.

Ihre Vermutung überzeugte mich aber nicht. In meiner Vorstellung, und wahrscheinlich auch zur Beruhigung meiner Nerven, lag der Sinn des vorgeschriebenen Arrangements darin, um sicherzustellen, dass ich mich nicht zu sehr verausgabe oder irgendeine andere Dummheit begehe, zu denen Jugendliche ja angeblich so sehr neigen.

Ungefähr eine halbe Stunde später kam mein Vater mit einem Brief in der Hand herein und sagte: „Dieses Schreiben von General Spielsdorf ist verspätet zugestellt worden. Er hätte bereits gestern hier eintreffen sollen, so wird er wahrscheinlich im Laufe des Tages oder morgen früh ankommen."

Er reichte mir den geöffneten Brief, sah aber nicht sonderlich erfreut aus, so wie er es früher gewesen war, wenn sich ein Besuch, insbesondere der Besuch eines Freundes, wie ihm der General einer war, ankündigt hatte.

Ganz im Gegenteil zeigte doch die Mimik meines Vaters eher, als wünschte er seinen Freund gerade an das Ende der Welt. Irgendetwas belastete ihn schwer, etwas über das er nicht mit mir sprechen wollte.

„Papa, mein bester Papa, wenn ich dir eine Frage stelle, wirst du sie mir beantworten?", flehte ich ihn ins Gesicht schauend an, und legte dabei meine Hand auf seinen Arm.

„Was möchtest du denn wissen?", fragte er und strich mir eine Strähne aus dem Gesicht.

„Ist der Arzt der Meinung, dass ich sehr krank bin?"

„Aber nein, mein Liebes. Er ist fest davon überzeugt, dass, wenn die richtigen Maßnahmen vorgenommen werden, es dir schon in wenigen Tagen wieder besser gehen wird und dass du dann auf dem Weg zur vollständigen Genesung sein wirst", beruhigte er mich etwas trocken. „Ich wünschte allerdings unserer guter Freund der General hätte eine bessere Zeit für seinen Besuch gewählt. Damit will ich sagen, es wäre mir lieber, du wärst bei seinem Besuch bereits wieder vollständig gesund."

„Aber so sage mir doch, Papa", beharrte ich, „was glaubt der Doktor, fehlt mir denn?"

„Nichts. Quäle dich nicht mir solchen Fragen", antwortete er gereizt, wie ich es sonst nicht von ihm kannte. Augenblicklich bemerkte er, dass mich seine Reaktion gekränkt hatte, so küsste er mich auf die Stirn und sagte: „In ein bis zwei Tagen werde ich dir alles erklären, dass heißt alles, was ich soweit darüber weiß. Aber bis dahin bitte belaste deinen Kopf nicht damit."

Er drehte sich um und verließ den Raum. Noch bevor ich mir über die Kuriosität des Gesagten Gedanken machen konnte, kam er auch schon wieder zurück, um mir mitzuteilen, dass er nach Karnstein fahren werde und dass er die Kutsche für zwölf bereitstellen lasse. Des Weiteren sollten Madame und ich ihn begleiten; er werde den Priester, der in der Nähe des alten, verlassenen Ortes lebte, aufsuchen und konsultieren. Da Carmilla die Abfahrt wohl verpassen

Der Doktor

werde, könne sie, wenn sie aus ihrem Zimmer gekommen ist, zusammen mit Mademoiselle, die alles Notwendige für Picknick zusammenstellen werde, nachkommen.

So gesagt war ich um zwölf Uhr bereit und kurz darauf machten sich mein Vater, Madame Perrodon und ich auf den Weg.

Hinter der Zugbrücke bogen wir rechts ab, folgten dem Weg über die steile gotische Brücke in den Wald gen Westen, dem verlassenen Dorf und der Burgruine von Karnstein entgegen. Eine Fahrt durch den Wald konnte nicht schöner sein. Das Terrain wechselte zwischen sanften Hügeln und Niederungen. Ausgekleidet mit einer natürlichen Bewaldung verdankte die Landschaft ihre Schönheit der Abwesenheit jeglicher Forstwirtschaft, welche doch mit ihrer künstlichen Bepflanzung, der Kultivierung und dem Holzschlag der Umwelt eine menschengemachte Konformität auferlegte.

Die kaum erschlossene Natur hatte zur Folge, dass sich der in in dieser unermesslich abwechslungsreichen Landschaft wunderschön eingebettete Weg oft entlang sich auftuender Schluchten oder an steilen Anhöhen vorbei schlängelte.

In einer dieser Biegungen wurden wir von unserem alten Freund, dem General, überrascht, welcher uns zu Pferde und begleitet von einem berittenen Diener entgegen kam. Seine Portmanteaux[xxii] folgten auf einem gemieteten Karren, der Art wie wir ihn wohl als Fuhrwerk bezeichnen.

Als wir näher kamen, stieg er ab und konnte nach dem üblichen Begrüßungsritual davon überzeugt werden, unser Angebot anzunehmen, uns doch in der Kutsche zu begleiten. Sein Diener wurde mit den Pferden und dem Fuhrwerk weiter zu unserem Schloss geschickt.

X
Ein schmerzlicher Verlust

Es waren gut zehn Monate seit unserem letzten Zusammentreffen vergangen, doch die Zeit hatte es nicht gut mit ihm gemeint und sein Aussehen um Jahre altern lassen. General Spielsdorf war hager geworden, die heitere Gemütsruhe, die sonst seine Gesichtszüge auszeichnete, war durch etwas finsteres und ängstliches ersetzt worden. Seine dunkelblauen Augen blickten wie immer eindringlich, schimmerten nun jedoch mit einem ernsthaften Glanz unter seinen buschigen, grauen Augenbrauen. Es kann nicht nur die Trauer alleine für eine solch gravierende Veränderung im Antlitz eines Mannes verantwortlich sein. Mächtigere Emotionen schienen ihren Anteil zu haben.

Kurz nachdem wir unsere Fahrt fortgesetzt hatten, begann General Spielsdorf zu erzählen. Mit der ihm eigenen soldatischen Direktheit sprach er von dem schmerzlichen Verlust, den er durch den Tod seiner schutzbefohlenen Nichte erlitten hatte. Dann brach er in intensiver Bitterkeit und Wut aus, als er gegen die *höllischen Künste* wetterte, welchen das Mädchen zum Opfer gefallen sei. Mit mehr Verzweiflung als Frömmigkeit brachte er sein Erstaunen zum Ausdruck, dass der liebe Herrgott im Himmel eine solch monströse Begierde und Boshaftigkeit aus der Hölle hier auf Erden tolerierte.

Mein Vater, der erkannte, dass dem General etwas außergewöhnliches widerfahren war, fragte ihn, unter der Voraussetzung, dass es ihm nicht zu sehr schmerzte, die Details zu den Umständen zu erläutern, welche ihn zu solch einem harschen Urteil haben kommen lassen.

„Gerne will ich es Ihnen erzählen", sagte der General, „doch ich befürchte, Sie werden mir nicht glauben."

„Warum sollte ich nicht?", gab mein Vater zurück.

„Weil", behauptet er wirsch, „Sie nichts glauben werden, was sich nicht mit Ihren Vorurteilen und Vorstellungen vereinbaren lässt. War ich doch einst wie Sie, und wurde ich doch auf so schmerzliche Weise eines Besseren belehrt."

„Stellen Sie mich auf die Probe", forderte mein Vater ihn heraus, „Ich bin vielleicht gar nicht solch ein Dogmatiker, wie Sie es vermuten. Außerdem weiß ich sehr genau, dass Sie für gewöhnlich gute Beweise benötigen, bevor Sie etwas Glauben schenken, und so sehe ich mich doch stark dazu veranlasst, Ihre Schlussfolgerungen zu respektieren."

„Sie gehen ganz recht in der Annahme, dass ich mich nicht leichtfertig einem Glauben an das Mysteriöse anschließe – und das, was mir widerfahren ist, ist wahrhaftig mysteriös – erst eine unumstößliche Faktenlage hat mich dazu gezwungen, anzuerkennen, was all meinen bisherigen Theorien diametral zuwiderlief. Etwas mich auf die Spur übernatürlicher Machenschaften gebracht hat."

Obwohl er dem General so eben versichert hatte, dass er auf dessen Urteilsvermögen vertraue, sah ich, wie mein Vater ihm in diesem Moment einen Blick zuwarf, der, wie ich es empfand, erkennen ließ, dass er an dem Verstand seines Gegenübers zweifle.

General Spielsdorf nahm es glücklicherweise nicht zur Kenntnis, schaute er doch düster und neugierig in die Lichtungen und Schatten der vorüberziehenden Wälder.

„Wir befinden uns auf dem Weg zu den Ruinen von Karnstein?" stellte er mehr fest, als dass er es fragte und fuhr fort: „Ja! Das ist doch fürwahr ein glücklicher Zufall. Wissen Sie, ich wollte Sie tatsächlich fragen, mich dorthin zu begleiten, um den Ort genauer zu untersuchen. Insbesondere interessiert mich dort ein Gebäude. Dort gibt es doch eine verfallene Kirche mit zahlreichen Grabstätten der Mitglieder der ausgestorbenen Herrschaftsfamilie, nicht war?"

„Die gibt es in der Tat – höchst interessant", bestätigte mein Vater. „Sie gedenken wohl Titel und Güter für sich zu beanspruchen, so vermute ich."

Mein Vater meinte es im Scherz, doch der General hatte weder Lachen noch ein Lächeln übrig. Nicht einmal ein eines, das die Höflichkeit hätte diktierten sollen, wenn ein Freund einen Witz machte. Im Gegenteil, er schaute ernst und gar grimmig aus, wie er da saß und über die Sache sinnierte, welche doch Zorn und Angst in ihm erregt hatte.

„Ich habe ganz andere Absichten", sagte er schroff, „so beabsichtige ich doch einige dieser feinen Leute zu exhumieren. Davon verspreche ich mir, mit Gottes Segen, ein heiliges Sakrileg zu erfüllen und unsere Welt von bestimmten Monstern zu befreien. Auf das es ehrlichen Menschen wieder möglich seien wird, in ihren Betten zu schlafen, ohne befürchten zu müssen, von mörderischen Bestien angefallen zu werden. Ich habe Ihnen so absonderliche Dinge zu erzählen, mein lieber guter Freund, wie ich sie von wenigen Monaten selbst nicht für möglich gehalten habe."

Wieder warf mein Vater ihm ein Blick zu, dieses mal nicht des Zweifels, sondern der präzisen Einsicht und der Beunruhigung.

„Das Haus von Karnstein", begann mein Vater, „ist seit langer Zeit ausgestorben; mindestens seit einhundert Jahren. Meine liebe verstorbenen Frau war mütterlicherseits eine Nachfahrin der von Karnsteins. Doch der Name und der Titel haben schon lange aufgehört zu existieren. Die Burg ist eine Ruine und auch das dazugehörige Dorf ist verlassen und verfallen. Seit über fünfzig Jahren hat man keinen Rauch mehr aus seinen Kaminen gesehen, heute ist nicht mal mehr auch nur ein Dach übrig."

„Fürwahr, so habe ich gehört. Noch sehr viel mehr habe ich über diesen Ort erfahren, seit unserem letzten Treffen. Und vieles davon wird Sie überraschen. Doch ich sollte der Reihe nach, in chronologischer Folge die Ereignisse erzählen", übernahm der General das Wort. „Sehen Sie meine liebe Nichte, meine Tochter, wenn ich sie so nennen darf, stand vor nur wenigen Monaten noch in der Blüte ihres jungen Lebens. Kein schöneres Geschöpf gab es auf Erden."

„Armes Ding! Das letzte mal, dass ich sie sah, war sie wahrhaftig ein sehr liebliches Fräulein", bestätigte mein Vater. „Ich war sehr betroffen und geschockt, als mich Ihre Nachricht über ihr Schicksal erreichte, mehr als ich es Ihnen sagen kann, guter Freund. Es muss ein schwerer Schlag für Sie gewesen sein."

Er nahm die Hand des Generals und sie tauschten einen warmen Händedruck aus. Tränen bildeten sich in den Augen des alten Soldaten und er versuchte nicht diese zu unterdrücken, als er sagte: „Wir sind schon sehr lange gute Freunde. Dass Sie meinen schmerzlichen Verlust verstehen, wo ich doch kinderlos bin, dafür danke ich Ihnen. Über die Zeit ist mir mein Mündel doch sehr ans Herz gewachsen und meine Fürsorge vergalt sie mir mit Zuneigung, welche mein Haus und mein Leben bereichert hat. Doch all das ist nun verloren. Ich mag nicht mehr viel Zeit auf Erden habe, doch mit Gottes Gnade hoffe ich der Menschheit vor meinem Tod noch einen Dienst erweisen zu können. Und das ist, die Rache des Himmels diesen Monstern aufzuerlegen, welche mein armes Kind im Frühling ihrer Hoffnung und Schönheit aus dem Leben geraubt haben."

„So eben wollten Sie uns alles der Reihe nach erzählen", gab mein Vater dem Gespräch seine eigentliche Richtung zurück. „Bitte glaube Sie mir, es steckt mehr als nur Neugierde hinter meinem Interesse."

Zu diesem Zeitpunkt hatten wir die Gabelung erreicht, an der sich die Wege aus Drunstall, über welchen der General gekommen war, und nach Karnstein trafen.

„Wie weit ist es noch bis zu den Ruinen?", erkundigte sich der General gespannt umschauend.

„Ungefähr eineinhalb Meilen", schätzte mein Vater, „aber bitte erzählen Sie schon die Geschichte, die Sie uns versprachen."

XI
Die Geschichte

„Von ganzem Herzen", sagte der General etwas angestrengt und nach einer kurzen Pause, in der er sich zu sortieren schien, begann er eine der seltsamsten Geschichten zu erzählen, die mir je zu Ohren gekommen ist.

„Meine liebe Tochter sah dem geplanten Besuch, welchen Sie, mein Freund, arrangiert hatten, mit Freude entgegen." Mit einer galanten aber melancholischen Verbeugung deutete er seinen Dank an. „In der Zwischenzeit folgten wir einer Einladung des Grafen Karlsfeld an den Festivitäten zu Ehren seines illustren Gastes Großherzog Karl teilzunehmen. Die Feierlichkeiten fanden auf dem Schloss Karlsfeld statt. Sicherlich werden sich erinnnern."

„Ja. Der Ball, so wurde mir zugetragen, soll ganz hervorragend gewesen sein", bestätigte mein Vater.

Die Geschichte

„Fürstlich! Aber dafür ist die Gastfreundschaft des Grafen ja bekannt. Er hatte wahrlich die sagenumwobene Lampe Aladdins zur Hand genommen und durchaus von ihr Gebrauch gemacht. Nun die Nacht, in der mein Leid begann, war die des prächtigen Maskenballs. Der Schlossgarten stand den Gästen offen, in den Bäumen hingen bunte Lampen und es wurde ein Feuerwerk in den Nachthimmel gefeuert, grandioser als selbst Paris es je gesehen hat. Und die Musik – die Musik, wie Sie wissen, ist meine große Schwäche – solch berauschende Musik. Es war vielleicht das beste Orchester, das die Welt zu bieten hat und die großartigsten Sänger aus den berühmten Opernhäuser der europäischen Metropolen. Wie man so in diesen fantastisch beleuchteten Gärten vor dem in Mondlicht getauchten Schloss mit seinen warm beleuchteten Fensterreihen umherwanderte, konnte man die begeisterten Stimmen vernehmen, die sich aus der Stille eines Hains[xxiii] stahlen oder sich aus den Booten auf dem See erhoben. Ich muss sagen, ich war zurückversetzt in die Romantik und Poesie meiner frühen Jugend.

„Als das Feuerwerk beendet war, kehrten wir in den Ballsaal zurück um der Eröffnung des Balls beizuwohnen. Ein Maskenball, wissen Sie, ist ein herrlicher Anblick, doch dieser war ein solch brillantes Spektakel, wie ich es zuvor kaum erlebt habe.

„Unter den Besuchern war alles, was Rang und Namen hat. Es mag gut sein, dass ich der einzige anwesenden Niemand war.

„Meine liebe Tochter sah so wunderschön aus. Sie hatte sich gegen eine Maske entschieden. Ihre Begeisterung und Freude hatten Ihrem lieblichen Gesicht ein unbeschreiblichen Charme verliehen. Nun in ihrer Nähe bemerkte ich diese junge Dame in einem prachtvollem Kostüm und Maske. Sie schien mein Schützling mit einem außerordentlichen Interesse zu beobachten. Ich hatte sie bereits früher am Abend in der großen Eingangshalle gesehen und dann wieder als sie für ein paar Minuten ein paar Schritt neben uns auf der Terrasse spazierte. Eine ältere Dame, ebenso maskiert und aufwendig doch streng gekleidet, hochgewachsen und mit einer herrschaftlichen, einer Person von Rang gebührenden Attitüde begleitete sie als ihre Duenja[xxiv].

„Da das Fräulein eine Maske trug, war ich mir damals nicht sicher, ob sie wirklich mein armes Mädchen beobachtet hatte. Nun heuer aber bin ich mir dessen gewiss.

„Wir waren also in einem der vielen Salons und mein armes Kind hatte nach dem Tanzen an der Tür Platz genommen, um sich ein wenig auszuruhen. Ich stand nah bei. Die beiden Damen, die ich eben erwähnt habe, näherten sich und die jüngere setzte sich neben meine liebe Bertha[xxv], während ihre Begleiterin sich zu mir gesellte, nachdem sie sich für eine kurze Weile leise mit ihrem Schützling unterhalten hatte.

„Im Schutze ihrer Maske, wandte sie sich in einem freundschaftlichen Ton an mich, nannte mich beim Namen und eröffnete eine Konversation, welche Neugier in mir weckte. Sie wusste sich auf eine gute Anzahl an Gegebenheiten und Anlässe zu beziehen, an denen Sie mir begegnet sei – am Hofe, bei Empfängen bedeutender Persönlichkeiten. Sie erwähnte kleine Vorfälle, welche mir bereits in Vergessenheit geraten waren, die aber anscheinend mein Gedächtnis nur ausgeblendet hatte, denn sie sprangen lebhaft vor mein geistiges Auge zurück, sobald sie nur von ihr berührt wurden.

„Mit jedem Moment zunehmend stieg die Neugier in mir, doch endlich zu erfahren, wen ich da vor mir hatte. Geschickt, wie höflich parierte sie jedoch jeden meiner Versuche. Das Wissen, das sie über so viele Abschnitte meines Lebens hatte, erschien mir mehr als unerklärlich und sie hatte offenbar großes Vergnügen darin, meine Neugierde zu enttäuschen und mich in meiner übereifrigen Verwirrung von einer Vermutung zur nächsten springen zu sehen.

„Währenddessen war das junge Fräulein, die ihre Mutter ein oder zwei Mal mit dem ungewöhnlichen Namen Millarca angesprochen hatte, mit der gleichen Leichtigkeit und Eleganz mit meinem lieben Kind ins Gespräch gekommen.

„Sie hatte sich vorgestellt, indem sie erwähnte, dass ihre Mutter eine alte Bekannte von mir sei. Sie sprach von der angenehmen Verwegenheit, die das Tragen einer Maske einem verlieh. Und in freundschaftlichen Ton bewunderte sie nicht nur das Kleid meiner Nichte, sondern ließ auch charmant ihre Bewunderung für ihre Schönheit anklingen. Sie amüsierte mit spöttelnder Kritik an den Gästen im überfüllten Saal und lachte über die Späße meines Kindes. Sie sprühte vor Witz und Lebhaftigkeit, wie es ihr beliebte und nach nur kurzer Zeit waren die beiden wie gute Freunde. Als die junge Fremde dann ihre Maske senkte, zeigte sich ein so überaus schönes Gesicht, das Tochter und mir völlig unbekannt war. Das junge Fräulein war so ansprechend schön und liebreizend, dass es unmöglich war sich von ihrer fesselnden Anziehungskraft freizusprechen. Meine arme Bertha war hin und weg. Noch nie hatte ich erlebt, dass jemand auf den ersten Blick so sehr von einer anderen Person angetan war, mit Ausnahme der Fremden neben ihr, die, wie es mir schien, ihrerseits ihr Herz an Bertha verloren hatte.

„Während alledem hatte ich das Spiel der Maskerade mit der Dame weitergetrieben und stellte nicht wenige Fragen.

„*»Sie haben mich komplett verwirrt«*, sagte ich lachend. *»Ist es denn noch nicht genug? Wollen Sie mir nun nicht gleiche Bedingungen zugestehen und mir die Freundlichkeit erweisen und Ihre Maske abnehmen?«*

„*»Kann denn eine Bitte unverschämter sein?«*, konterte sie. *»Einer Dame abzuverlangen ihren Vorteil aufzugeben! Und woher nehmen Sie Vermutung, dass sie mich erkennen? Jahre gehen nicht ohne Spuren vorüber.«*

„*»Wie man sieht«*, präsentierte ich mich mit einer kleinen Verbeugung und einem, wie ich glaube, leicht melancholischen Lachen.

„*»Wie es uns die Philosophen gelehrt haben«*, erwiderte Sie, *»woher nehmen Sie, dass ein Blick in mein Gesicht Ihnen irgendetwas verraten werde?«*

„*»Dieses Risiko nehme ich gerne in Kauf«*, gab ich zurück, *»Ihr Versuch sich als ältere Dame zu verstellen, ist vergebens, wo sie doch Ihre Figur verrät.«*

„*»Jahre, jedoch, sind vergangen, seitdem wir uns das letzte mal begegnet sind. Viel mehr seitdem wir das letzte mal miteinander sprachen, denn das ist, woran ich gerade denke. Schauen Sie, Millarca dort ist meine Tochter; also kann ich ja gar nicht allzu jung sein, selbst in den Augen der Leute, denen die Zeit beibrachte, nachsichtig zu sein. Bedenken Sie, vielleicht mag ich mich nicht dem Vergleich mit Ihrer Erinnerung stellen. Des Weiteren haben Sie ja keine Maske, so können Sie mir ja auch nichts Gleichwertiges als Gegenleistung anbieten.«*

„*»So richtet sich meine Bitte, die Maske zu senken, doch an Ihr Mitleid.«*

„»Und meine, sie dort zu belassen, wo sie ist, an das Ihre«, schmetterte sie auch diesen Versuch ab.

„»Nun gut, werden Sie mir denn wenigstens verraten, ob Sie aus Frankreich oder aus einem der Deutschen Länder[xxvi] *stammen, wo Sie doch beide Sprachen so perfekt beherrschen.«*

„»Ich denke nicht daran, dass ich Ihnen das verraten werde, Herr General. Wahrscheinlich beabsichtigen Sie einen Überfall und suchen nur einen geeigneten Angriffspunkt.«

„»Bei all dem Gesagten, so werden Sie mir doch nicht vorenthalten«, sagte ich, *»jetzt da mir die Ehre zuteil wird, mich mit Ihnen unterhalten zu dürfen, mir zumindest zu verraten, wie ich Sie korrekterweise zu adressieren habe. Darf ich Madame la Comtesse*[xvii] *sagen?«*

Sie lachte, und ich bin mir sicher, sie hätte sich auch vor einer Antwort auf diese Frage gedrückt – nun geht man normalerweise davon aus, dass sich ein Gesprächsverlauf in einer von beiden Parteien gelenkt Konversation mit einer gewissen Portion Zufall natürlich entwickelt, so bin ich heute der Überzeugung, dass in diesem Fall das Für und Wider von Anfang an mit einer gründlichen Portion Schlitzohrigkeit vorbereitet worden war.

„»Also dazu«, begann sie, wurde dann aber unterbrochen, bevor sie ihren Konter vortragen konnte. Ein in Schwarz gekleideter Herr, der besonders elegant und vornehm aussah, abgesehen von dem entscheidenden Nachteil, dass sein Gesicht so bleich wie das eines Toten war, trat an sie heran. Er war nicht kostümiert, sondern trug eine einfache Abendgarderobe und sagte regungslos aber mit einer höflichen und ungewöhnlich tiefen Verbeugung: *„»Werden Madame la Comtesse mir erlauben ein paar wenige Worte von hohem Interesse privat an Sie zu richten?«*

„Und dieser theatralisch vorgetragenen Anrede folgend ging sie mit dem Herren in Schwarz ein wenig beiseite und sprach mit diesem offensichtlich in einer ernsten Angelegenheit. Dabei gingen sie langsam in die Menge und ich verlor sie für einige Minuten aus den Augen.

„Derweil zermarterte ich mein Gehirn nach der Identität der Dame, die sich so gut und wohlgesinnt an mich zu erinnern schien. Kurz überlegte ich, ob ich mich den beiden Mädchen zuwenden und mich ihrem Gespräch anschließen sollte, um so vielleicht die Comtesse bei ihrer Rückkehr damit zu überraschen, dass ich ihren Namen, Titel, Schloss und Landsitz parat hatte. Doch in diesem Moment kam sie bereits in Begleitung des blassen Herren in Schwarz zurück, welcher deutlich vernehmlich sagte: „*»Ich werden zurückkehren und Madame la Comtesse informieren, sobald Ihre Kutsche vorgefahren ist.«*

„Mit einer Verbeugung zog er sich zurück und verschwand."

XII
Das Ersuchen

„*»So werden wir auf Ihre Gesellschaft verzichten müssen, Madame la Comtesse, aber ich hoffe doch für nur wenige Stunden«*, erkundigte ich mich mit einer leichten Verbeugung.

„*»Dass es nicht länger als das dauert, wäre durchaus wünschenswert, allerdings hat sich soeben eine mehrwöchige Reise angekündigt. Ach wie unpassend, dass mich diese Nachricht gerade jetzt erreicht. Haben Sie denn inzwischen eine Idee, wer ich bin?«*

Das Ersuchen

„Ich versicherte ihr, dass ich es nicht wisse und sie versprach: »*Sie werden es erfahren, doch leider noch nicht jetzt. Da wir ältere und bessere Freunde sind, als Sie vielleicht annehmen, so erlauben Sie mir für den Augenblick mich noch nicht erkennen zu geben. In drei Wochen aber wird mich mein Weg an Ihrem schönen Schloss vorbeiführen und ich werde Ihnen einen kurzen Besuch abstatten, um unsere Freundschaft, an die ich doch so viele freudige Erinnerungen habe, aufzufrischen. Die Nachricht, die mich gerade eben erreichte, traf mich wie ein Blitz aus dem heiteren Himmel. Leider muss ich unverzüglich aufbrechen und habe eine beschwerliche Reise von annähernd einhundert Meilen vor mir. Das bringt mich doch in eine sehr große Misslichkeit. Trotz meiner großen Zurückhaltung bezüglich meiner Person, gestatten Sie mir, ein ungewöhnliches Ersuchen an Sie zu richten. Meine arme Tochter ist nach einem Reitunfall, den sie kürzlich während der Jagd erlitt, noch nicht ganz genesen. Sie ist mit ihrem Pferd gestürzt, und obwohl es ihr körperlich gut geht, hat der Arzt ihr aufgetragen, große Aufregung und Erschöpfung für die kommende Zeit zu vermeiden. So habe wir unsere Reise hierher in mehrere Etappen gemacht, kaum mehr als 20 Meilen am Tag. Doch nun muss ich Tag und Nacht in dieser dringenden Angelegenheit reisen. Eine Sache in der es um Leben und Tod geht, deren Wichtigkeit und Bedeutsamkeit ich Ihnen gerne in drei Wochen restlos erklären kann, dann wenn wir uns, wie ich hoffe, wiedersehen.*«

„Sie fuhr fort, Ihr Ersuchen weiter vorzubringen und klang dabei eher so, als erwiese sie uns einen Gefallen, als dass sie um etwas bitte.

„Dies geschah dabei aber unaufdringlich und wie es schien auch unbewusst. Es war unmöglich, die so vorgetragene Bitte abzulehnen, die Tochter während ihrer Abwesenheit bei uns aufzunehmen. Alles in allem war es eigentlich ein unhaltbares Ersuchen und doch gelang es ihr, mich komplett zu entwaffnen, in dem sie alles, was gegen diesen Vorschlag sprach, zuerst benannte und gegen ihre eigene Bitte anführte. Der Art stellte sie meine Antwort gänzlich in die Abhängigkeit meiner Ehre und Ritterlichkeit. Fatalerweise trat in diesem Moment – wie orchestriert – meine liebe Bertha an mich heran und fragte, ob sie ihre neue Freundin zu einem Besuch auf unser Schloss einladen dürfe. Sie habe bereits mit Millarca gesprochen und glaube, wenn es die Mutter nur erlaube, würde sie sehr gerne ein paar Tage bei uns verbringen.

„Unter anderen Umständen hätte ich ihr gesagt, dass sie sich gedulden müsse, mindestens doch solange, bis wir wüssten, mit wem wir hier gerade Bekanntschaft gemacht hatten, doch mir blieb gar keine Zeit zu überlegen. Die beiden Damen hatten sich gegen mich zusammengetan. Das schöne und aufgeweckte Gesicht der jungen Dame, in dem sich etwas Einnehmendes als auch die Eleganz einer vornehmen Herkunft vereinte, trug dazu bei, dass ich mich letztendlich ergab und zu schnell zustimmte, das junge Fräulein Millarca in meine Obhut aufzunehmen.

„Die Gräfin[xvii] wandte sich an ihre Tochter, die mit ernster Aufmerksamkeit der Erklärung folgte, dass die Mutter plötzlich und unvermeidlich abreisen müsse, und dass für die Tochter einen Besuch in unserem Schloss arrangiert sei. Sie stünde während des Besuches in meiner Obhut. Nebenbei fügte sie dem noch hinzu, dass ich einer ihrer ältesten und meist geschätzten Freunde sei.

„Natürlich gab ich dem Ganzen, in Anbetracht der Situation, meinen Segen, doch nur um mich, in Rückbetrachtung, darauf in einer Position wiederzufinden, die mir nicht wirklich behagte. Da kam bereits der Herr in Schwarz zurück und führte sehr feierlich seine Herrin aus dem Saal.

„Das Auftreten des Herrn erweckte den Eindruck, dass die Gräfin tatsächlich eine Dame von höheren Rang war, als ihr Titel ohnehin suggerierte.

„Ihre letzte Bitte an mich war, ich möge bis zu Ihrer Rückkehr keinen Versuch unternehmen, mehr über sie in Erfahrung zu bringen, als ich nicht ohnehin schon vermute. Unserer wertgeschätzter Gastgeber, bei dem sie derzeit zu Besuch sei, kenne ihre Gründe.

„*»Es ist so«, sagte sie mir, »weder meine Tochter noch ich selber sind hier sicher und es ist besser vor Tagesfrist abreisen. Vor ungefähr einer Stunde hatte ich unvorsichtigerweise meine Maske für nur einen Moment abgenommen und da war es auch schon zu spät, mir war so, als hätten Sie mich erkannt. Das ist mit unter der Grund, warum ich das Gespräch mit Ihnen gesucht habe. Hätte sich herausgestellt, dass Sie um meine Person wissen, so wäre mir nichts anderes geblieben, als an Ihre Ehre zu appellieren, meine Anwesenheit für ein paar Wochen geheim zu halten. Doch es scheint mir, dass Ihnen meine Identität noch verborgen ist. Sollten Sie aber einen Verdacht haben oder sollte es Ihnen später klar werden, so bleibt mir auch dann nichts weiter, als auf Ihr Ehrenwort zu zählen, meine Anwesenheit in diesem Land geheim zu halten. Meine Tochter ist ebenfalls zur Verschwiegenheit verpflichtet und ich vertraue darauf, dass Sie sie von Zeit zu Zeit daran erinnern werden, sollte sie einmal unvorsichtigerweise zu viel andeuten oder gar verraten.«*

„Sie flüsterte ihrer Tochter noch ein paar Worte zu, küsste sie eilig zwei Mal zum Abschied auf die Wangen, entfernte sich dann in Begleitung des blassen Herrn in Schwarz und verschwand in der Menge.

"»Der Saal nebenan«, sagte Millarca, *»hat eine Fensterfront zum Schlosshof mit Blick auf das Tor. Gerne würde ich meine Mama ein letztes Mal sehen und ihr zum Abschied hinterher winken.«*

„Wir begleiteten Sie natürlich zu dem besagten Saal und vom Fenster aus sahen wir im Hof eine noble altmodische Kutsche mit einer großen Gefolgschaft an Kurieren und Lakaien warten. Gut konnten wir erkennen, wie der hagere Herr in Schwarz der Gräfin einen samtenen Mantel über die Schultern legte und die Kapuze über ihr Haupt zog. Sie nickte ihm zu und berührte leicht seine Hand. Tief verbeugte er sich mehrfach als die Wagentür geschlossen wurde. Dann setzte sich die Kutsche in Bewegung.

"»Da fährt sie davon«, seufzte Millarca.

"»Da fährt sie davon«, wiederholte ich.

In meinen Gedanken verloren und zum ersten Mal in all den vielen schnellen Momenten, die sich seit der vorgetragenen Bitte überschlagen hatten, konnte ich über mein törichtes Verhalten nachdenken.

"»Sie hat nicht einmal rauf geschaut«, klagte das junge Fräulein.

"»Sehr wahrscheinlich hatte die Gräfin bereits ihre Maske abgenommen und wollte es nicht wagen sich noch einmal umzudrehen«, versuchte ich beruhigend zu erklären, *»auch konnte sie nicht wissen, dass wir hier an das Fenster gekommen sind.«*

„Seufzend blickte sie mich an. Ihre traurige Schönheit erweichte mein Herz und es tat mir leid, dass ich für einen Augenblick meine Gastfreundschaft bedauert hatte und schwor Wiedergutmachung für mein ungewöhnliches Verhalten an diesem Abend.

„Die junge Dame setzte ihre Maske wieder auf und schlug sich auf die Seite meiner Tochter, die mich bedrängte, die beiden doch zurück in den Schlossgarten zu begleiten, wo doch in Bälde das Konzert wieder aufgenommen werde. Unversehens befanden wir uns auf den Terrassen, die das Schloss von den Gärten trennen.

„Millarca fasste schnell Vertrauen zu uns, und bald unterhielt sie uns mit ihren lebhaften Beschreibungen und Geschichten über die eine oder andere bedeutende Persönlichkeit, die wir auf der Terrasse ausmachen konnten. Zusehens schloss ich das Kind in mein Herz. Ihr nicht boshaft gemeinter Klatsch war auch für mich, der doch schon so lange den Anschluss an die Hautevolee[xxvii] verloren hatte, überaus kurzweilig und unterhaltsam. Erfreut sah ich dem frischen Wind entgegen, den sie in unser zugegebenermaßen an manchen Abenden tristes Schloss bringen würde.

„Der Ball neigte sich erst kurz vor Sonnenaufgang seinem Ende zu. Der Großherzog, wie Sie wahrscheinlich wissen, beliebt es, bis in den Morgen hinein zu feiern und zu tanzen, und wie so oft war es auch an diesem Abend seinen treuen Gästen nicht möglich, schon vorher zu gehen oder gar an Nachtruhe zu denken.

„Gerade hatten wir einen überfüllten Salon durchquert, als mich meine Nichte nach Millarca erkundigte, durchaus zu meinem Erstaunen, hatte ich sie doch an ihrer Seite gewähnt. Tatsächlich schien es aber so, als dass wir sie aus den Augen verloren hatten.

„All unsere Anstrengungen, sie ausfindig zu machen, waren vergeblich. Ich befürchtete, das sie, in der Angst uns verloren zu haben, andere Leute für ihre neue Bekanntschaft gehalten habe und diesen gefolgt sei, nur um sich so in dem weitläufigen Gelände noch mehr zu verlaufen.

Carmilla

„Nun aber traf mich mit aller Macht die Erkenntnis über den Leichtsinn, mit dem ich die Verantwortung über diese junge Dame übernommen hatte. Nicht einmal ihren vollen Namen kannte ich und ohne die genauen Gründe zu kennen, habe ich mich an ein Versprechen fesseln lassen, welches, selbst wenn ich ihren Namen gekannt hätte, es mir verbot, nach der Tochter der Gräfin zu fragen, welche doch vor einigen Stunden so überhastet inkognito abgereist war.

„Der Morgen brach an und es war bereits heller Tag als ich die Suche aufgab. Von meiner neuen Schutzbefohlenen war bis kurz vor zwei Uhr nachmittags keine Spur auszumachen.

„Gegen diese Zeit aber klopfte ein Kammerdiener an die Türe meiner Nichte Bertha, um sie zu informieren, dass eine junge Dame, recht aufgelöst, nach den General Baron Spielsdorf und der jungen Dame, seiner Tochter frage, sie stünde in seiner Obhut, nachdem ihre Mutter abreisen musste.

„Es gab keinen Zweifel trotz der leichten Abweichung in Titel und Verwandtschaftsverhältnis, die junge Dame hatte nach uns gefragt. Sie war wieder aufgetaucht. Gott weiß was gewesen wäre, wenn wir sie in dieser Nacht verloren hätten.

„Millarca schilderte meiner Tochter die Umstände, die dazu geführt hatten, dass wir sie nicht mehr finden konnten. Auf der Suche nach uns sei sie recht spät in den Quartieren der Dienstmädchen gewesen, dort habe sie die Müdigkeit übermannt und sie fiel in einen tiefen Schlaf, der, obwohl er so lange andauerte, ihr nach den Strapazen des Balls kaum all ihre Kräfte zurückgegeben hatte.

„Noch an diesem Tag begleitete Millarca uns nach Haus auf das Schloss und ich war froh eine so charmante Gesellschaft für mein liebes Mädchen gefunden zu haben."

XIII
Der Holzfäller

„Sehr bald jedoch stellten sich Zweifel ein.", führte der alte General die Geschichte fort. „Zum einen war da diese extreme Müdigkeit – die wir ihrem erst kürzlich erlittenen Reitunfall zuschrieben – doch diese Schwäche veranlasste sie immer erst nachmittags aus ihrem Zimmer zu kommen. Dann war da noch, wie sich zufälligerweise herausstellte, die Tatsache, dass sie des öfteren abwesend war, und das obwohl sie die Tür zu ihrem Zimmer immer von innen verriegelt hielt und den Schlüssel erst dann aus dem Türschloss nahm, wenn sie einer Zofe erlaubte, ihr Gemach für die Morgentoilette[xxviii] zu betreten. Wiederholt wurde sie von den Fenstern des Schlosses aus beobachtet, wie sie im Morgengrauen gen östlicher Richtung zwischen den Bäumen umherwandertet. Dabei hatte es den Anschein, als sei sie nicht ganz bei sich, etwa so als sei sie in einer Art Trance. Ich war anfänglich der Überzeugung, dass sie schlafwandele. Doch diese Hypothese konnte nicht das Rätsel lösen, wie sie das Gebäude verlassen konnte, ohne Türen und Fenster zu öffnen. Zu all meiner Verwirrung paarte sich noch ein weiteres, viel dringlicheres Besorgnis.

„Kurz darauf ging es meiner armen Bertha zunehmend schlechter. Ihre Gesundheit nahm in einer solch mysteriösen, ja grausamen Weise ab, dass mich durch und durch der Schrecken packte.

„Es begann damit, das sie von entsetzlichen Träumen heimgesucht wurde. Dann berichtete sie von einem Gespenst, welches manchmal aussah, wie Millarca und ein anderes mal streunte es in Gestalt einer kaum wahrzunehmender Bestie am Fuße ihres Bettes umher.

„Schließlich kamen Wahrnehmungen und Empfindungen dazu. Die eine beschrieb sie als nicht unbedingt unangenehm doch als sehr eigentümlich, so sagte sie, dass sie das Gefühl habe als schieße ihr ein kalter Strahl Wasser gegen die Brust. Später einmal spürte sie, wie ein Paar langer Nadeln sie sehr schmerzhaft in die Halsgegend stachen. Einige wenige Nächte darauf, nachdem sie von dem Gefühl der Strangulierung geklagt hatte, verlor sie das Bewusstsein."

Jedes einzelne Wort des Generals konnte ich klar und deutlich verstehen, denn die Kutsche war nun auf kurzem Gras unterwegs, und wir näherten uns dem verfallenen Dorf mit seinen eingestürzten Dächer und grauen Kaminen, welche seit mehr als einem halben Jahrhundert keinen Rauch mehr gen Himmel geschickt haben.

Sie können sich sicher vorstellen, wie beklommen ich mich gefühlt habe, als ich meine eigenen Symptome in der Beschreibung der Krankheit des armen Mädchens, welches doch unserer Gast in meines Vaters Schlosses hätte sein sollen, wiedererkannte. Gleiches galt für die so detailliert aufgelisteten Gewohnheiten und wundersamen Eigenheiten, die tatsächlich auch sehr passend unserem schönen Gast, Carmilla, zugeschrieben werden konnten.

Eine Lichtung öffnete sich vor uns und wir kamen aus dem Wald in das verfallene Dorf mit all seinen nackten Schornsteinen und Giebeln.

Im Schatten der Türme und der Wehranlagen der Burgruine, welche von Bäumen erobert auf einer leichten Anhöhe über uns aufragte, kam unsere Kutsche zum Stehen und wie in einem schrecklichen Traum stiegen wir aus. Schweigend, da jeder für sich mit seinen Gedanken beschäftigt war, erklomm wir die Anhöhe und fanden uns kurz darauf in den weitläufigen offenen Hallen, in den gewundenen Treppenhäusern und den dunklen Korridoren der Burg wieder.

„Dies also war einst das Herrschaftsgebiet der von Karnsteins!", verkündete der alte General pathetisch, als er aus einem einst prächtigen Fenster über das Dorf auf den sich in sanften Wellen ausgebreiteten Wald hinausblickte.

„Eine niederträchtige Sippe deren Annalen hier in Blut geschrieben wurden", fuhr er fort. „Kaum vorstellbar, dass sie selbst im Tode die Menschheit noch immer mit ihren scheußlichen Gelüsten heimsuchen. Dort unten, das ist sie, die Kapelle der Karnsteins."

Er zeigte auf die graue Ruine eines gotischen Kirchenschiffes, welche sich etwas unterhalb befand und durch das Laubwerk nur teilweise erkennbar war.

„Aus der Richtung vernehme ich doch das fleißige Schlagen einer Axt eines Waldarbeiters. Vielleicht kann er uns sagen, wo wir die Grabstätte von Mircalla der Gräfin von Karnstein finden können. Kennen Ortsansässige doch meist am besten die Geschichten ihrer alten Herrschaftsfamilien, die unter ihres gleichen doch schnell vergessen werden, ist eine solche Familie erst einmal ausgestorben."

„Wir haben ihr Portrait, das der Komtess Mircalla von Karnstein in unserem Schloss! Vielleicht wollen Sie es sehen?", bot mein Vater an.

„Ein anderes Mal, guter Freund!", antwortete der General. „Ich glaube ich bin dem Original begegnet, und das reicht mir. Der Grund, warum ich meinen Besuch bei Ihnen vorverlegt habe, ist eben dieser, dass ich mir diese Kirche dort unten genauer anschauen will."

„Wie bitte? Was meinen Sie damit, Sie sind dem Original begegnet?", rief mein Vater ungläubig aus, „Wie das?

Die Komtess von Karnstein ist doch schon seit über einem Jahrhundert tot!"

„Nicht so tot, wie Sie vielleicht annehmen.", gab der General zurück.

„Ich muss gestehen, Herr General, Sie verwirren mich doch sehr." Mein Vater schaute seinen Freund mit dem selben zweifelnden Blick an, den ich schon vorher während der Fahrt hierher gesehen hatte. Diesmal blieb er aber nicht unbemerkt, doch mehr als eine leichte Verärgerung und Konsternierung sah man dem General nicht an, als dieser zu seiner Aussage stand.

„So ist es doch mir überlassen", sagte er, als wir unter einem massiven gotischen Spitzbogen standen – dessen Ausmaße Form und Stil rechtfertigten – „das eine, das mich für meine restlichen Tage auf Erden verfolgen wird, zu rächen und das Monster zu vernichten, denn Gott sei Dank dazu ist auch ein Sterblicher noch im Stande."

„Zu rächen und vernichten? Sag was gedenkst du zu tun?" fragte mein Vater mit zunehmender Verwunderung.

„Ich gedenke sie zu köpfen", war die wutentbrannte Antwort, unterstrichen mit einer Hackbewegung, als habe er eine Axt in der Hand, begleitet von einem kräftigen Aufstampfen, dessen Echo durch den leeren Saal der Ruine halte.

„Wie bitte?", stieß mein Vater verwirrter hervor.

„Na, ihr den Kopf abzuschlagen, meine ich."

„Den Kopf abschlagen?"

„Aber ja! Mit einem Beil, einem Spaten, oder was immer ich zur Hand habe, etwas das sich dazu eignet ihr die mörderische Kehle durchzuschneiden. Verstehen Sie." erklärte er vor Zorn zitternd und bevor er weiter ausführte, sagte er: „Dieser Balken dort eignet sich zum Sitzen. Ihre liebe Tochter wird sicher ermüdet sein. Lassen Sie uns hinsetzen und ich werde Ihnen gleich in ein paar wenigen Sätzen das Ende meiner schrecklichen Geschichte erzählen."

Ein massiver Holzbalken lag auf dem mit Gras überwucherten Boden der Kapelle und bildete so eine Bank, auf der ich gerne und erleichtert Platz nahm, während der General den Holzfäller aufsuchte. Er habe einige Äste entfernt, die in eine der alten Wände zu wachsen drohten, erkläre dieser, als die beiden zurückgekehrt waren. Vor uns stand ein alter rauer Mann mit seiner schweren Axt in der Hand.

Er wisse nichts über die Geschichte dieser alten Grabplatten, aber es gäbe einen alten Mann, erklärte er, den Förster des umliegenden Waldes, der zur Zeit bei dem Priester, nur zwei Meilen entfernt, zu Gast sei. Dieser kenne die Gräber der alten Familie von Karnstein; und für nur ein kleines Handgeld wäre er bereit, den Förster zu holen, liehen wir man eins der Pferde, so könne er in nur wenig mehr als einer halben Stunde zurück sein.

„Verrichten Sie Ihre Dienste schon lange in diesem Wald?", fragte mein Vater den alten Mann.

„Mein ganzes Leben lang habe ich hier dem Förster gedient", und er verdeutlichte, „wie mein Vater vor mir und meines Vaters Vater vor diesem und jede Generationen vor mir, die ich aufzählen kann, sie alle waren Waldarbeiter. Ich könnte Ihnen in diesem Dorf das Haus zeigen, welches einst meine Vorfahren bewohnt haben."

„Wie ist es dazu gekommen, dass das Dorf aufgegeben wurde?", wollte der General wissen.

„Es wurde von Wiedergänger heimgesucht, mein Herr. Einige konnten bis zu ihren Gräber zurückverfolgt werden. Dort wurden sie den gängigen Tests unterzogen und dann auf übliche Art durch Enthauptung, mit einem Pflock ins

Herz und anschließender Verbrennung vernichtet. Doch leider nicht bevor zahlreiche Dorfbewohner ihnen zum Opfer gefallen und verstorben waren.

„Aber egal wie viele dem Gesetz entsprechende Verfahren geführt wurden", fuhr er fort, „egal wie viele Gräber geöffnet und wie viele Vampire eingeäschert wurden, das Dorf konnte nicht von seinem Fluch befreit werden. So geschah es, dass ein moravischer[xxix] Edelmann, der die Gegend bereiste, von den tragischen Ereignissen erfuhr – und wie so viele seiner Landsleute – war auch er in Dingen dieser Art bewandert. Er bot den Dorfbewohnern seine Hilfe an, um sie ein für allemal von ihren Quälgeistern zu befreien. Was er tat, war folgendes: In einer Nacht mit besonders hellem Mondlicht stieg er kurz nach Dämmerung in den Kirchturm. Von dessen Fenster aus konnte er über den ganzen Friedhof unterhalb wachen. Dort saß er also und wartete, bis er sah, wie der Vampir aus seiner Gruft empor stieg, sein Leichentuch ablegte und dann in Richtung Dorf glitt, um dort die Einwohner zu befallen.

„Nach dem er all das beobachtet hatte, schlich sich der Fremde aus seinem Versteck und stahl das Leichentuch des Ungeheuers und nahm es mit in dem Kirchturm. Wie dann der Untote von seinem Streifzug zurückkehrte und das Leichentuch nicht finden konnte, machte sich der Vampirjäger im Turm bemerkbar, auf dass das Ungeheuer wie eine Furie aufschrie und der Einladung in den Turm zu kommen folgte. Als dieser oben im Glockenraum ankam, schlug der Edelmann den Schädel des Vampirs in Zwei und warf den Leichnam über die Brüstung in den Kirchhof, anschließend eilte er die sich windenden Treppen herab, um den Kopf des Wiedergängers gänzlich vom seinem Körper zu trennen. Am nächsten Morgen übergab er die Leiche den Dorfbewohnern, die ihr verantwortungsvoll einen Holzpfahl ins Herz stießen und den Korpus anschließend verbrannten. Der Dorfrat betraute so dann diesen moravischen Edelmann mit der Aufgabe, das Grab der Mircalla Komtess von Karnstein zu entfernen. Gewissenhaft erfüllte er diese Aufgabe und bald darauf geriet die genaue Lage der Gruft in Vergessenheit."

„Können Sie uns vielleicht in die richtige Richtung weisen, wo es gewesen sein mag?", fragte der General hoffnungsvoll.

Kopfschüttelnd verneinte der Holzfäller, lächelte und erklärte: „Keine lebende Seele kennt die genaue Stelle. Außerdem sagt man, dass das Grab leer sei, doch auch das weiß niemand so genau."

Nach diesen Worten legte er, da die Zeit drängte, seine Axt ab und eilte davon, so dass der General den Rest seiner seltsamen Geschichte erzählen konnte.

XIV
Das Aufeinandertreffen

„Meiner geliebten Bertha", griff der General seine Erzählung wieder auf, „ging es zusehends schlechter. Der Arzt, der sich um sie kümmerte, konnte die Krankheit nicht bestimmen, und um eine solche musste es sich doch nach meiner Auffassung handeln, also bestellte ich einen fähigeren Doktor aus Graz ein.

„Es brauchte einige Tage für seine Anreise, doch er war ein guter, gelehrter wie auch frommer Mann. Gemeinsam untersuchten die Mediziner mein armes Kind, zogen sich dann in meine Bibliothek zurück, um sich zu beraten. Gespannt wartete ich im benachbarten Zimmer und konnte hören, wie sich die Stimmen der beiden gelehrten Herren in einer hitzigen Debatte, die über eine philosophische Meinungsverschiedenheit weit hinausging, erhoben. So klopfte ich an, trat ein und fand den älteren Doktor aus Graz auf seiner Theorie beharrend vor, während sein Gegenüber diese mit unverhohlenen Spott gepaart mit gelegentlichen Lachanfällen zurückwies.

„»*Mein Herr*«, wandte sich der jüngere Arzt an mich und sagte: »*mein Studienkollege hier ist der Meinung, Sie bräuchten gar keinen Mediziner sondern einen Hexenmeister.*«

„»*Entschuldigen Sie einmal!*«, entrüstete sich der Angegriffene, »*Ich werde meine Ansichten zu diesem Fall ein anderes Mal in meiner eigenen Weise selber vortragen können. Ich bedaure sehr, Monsieur Le General, dass ich Ihnen hier und jetzt mit der allgemeinen Wissenschaft und mit meinen begrenzten Künsten nicht weiterhelfen kann. Doch bevor ich gehe, bitte erweisen Sie mir die Ehre, Ihnen etwas vorzuschlagen zu dürfen.*«

„Er schien seine Gedanken zu sortieren, und setzte sich dann an den Tisch und begann etwas niederzuschreiben.

„Schwer enttäuscht verbeugte ich mich und wie ich mich zur Tür umdrehte, sah ich, wie der andere Arzt über seine Schulter auf seinen schreibenden Kollegen zeigte, dabei die Schultern zuckte und mit einem Tippen gegen die Stirn seine Meinung kundtat.

„Diese Konsultation hatte mir rein gar nichts gebracht. Ich ging in den Garten, wenn auch nur um frische Luft zu holen. Der Doktor aus Graz holte mich circa zehn oder fünfzehn Minuten später ein, entschuldigte sich, dass er mir nachstellte, doch er könne nicht abreisen, ohne vorher ein paar Worte an mich gerichtet zu haben. Er sagte mir, dass unmissverständlich keine bekannte natürliche Krankheit diese Art der Symptome hervorrufe, und dass der Tod bereits sehr nahe sei. Wenn es aber gelänge den todbringenden Anfall abzuwehren, dann und mit großer Fürsorge und Heilkunst könne das liebe Fräulein wieder zu Kräften kommen. Aber alles hänge von der Abwehr des Widernatürlichen ab. Nur ein einziger weiterer Anfall könne den letzten Funken ihres schwindenden Lebenslichtes ein für allemal auslöschen.

„»*Aber von welcher Art von Anfällen sprechen Sie?*«, flehte ich ihn inständig an.

„»*Ich habe Ihnen alles in diesem Brief niedergeschrieben und ich lege ihn in Ihr Hand mit dem dringenden Rat, unverzüglich einen Geistlichen kommen zu lassen und nur in seiner Gegenwart den Brief zu öffnen. Lesen Sie die Instruktionen unter keinen Umständen ohne Beistand, andernfalls befürchte ich, könnten Sie meinen Rat verwerfen. Doch es geht hier um Leben und Tod. Sollte kein Priester zu Hand sein, dann, selbstverständlich, lesen Sie ihn, aber bitte folgen Sie den Anweisungen wortgetreu und mit äußerster Präzision.*«

„Bevor er sich endgültig verabschiedete, fragte er mich noch, ob ich nicht wünschte einen Mann kennenzulernen, der eben jenes Sujet studiere, welches, sobald ich den Brief gelesen habe, mich sehr wahrscheinlich über alles interessieren werde. Er bedrängte mich gerade zu diesen Mann einzuladen oder ihn zu besuchen. Daraufhin verabschiedete er sich.

„Einem Kirchenmann war nicht beizukommen, also las ich den Brief alleine. Zu jeder anderen Zeit, oder in einem anderen Fall, hätte mich das Geschriebene vielleicht belustigt. Doch wenn einem alle bekannten Mittel versagen und das Leben eines geliebten Menschen auf dem Spiel steht, so neigt der Mensch doch dazu sich auch noch so abwegigen Theorien und Aberglauben zuzuwenden.

„Nichts, werden Sie sagen, könne abwegiger sein, als das was dieser gelehrte Herr Doktor in seinem Brief mir darlegte. Es war so ungeheuerlich, Sie hätten den guten Mann sofort in ein Sanatorium für geistig Verwirrte einweisen lassen. Er schrieb, dass das Leiden der Patientin auf die Besuche eines Vampirs zurückzuführen seien. Die Stiche in der Halsgegend, über die sie geklagt hatte, seien, so postulierte der Doktor in seinem Schreiben, tatsächlich die Bisswunden zweier langer, dünner und scharfer Zähne, welche, so sei allgemein bekannt, Vampiren zu Eigen sind. Es bestünde des Weiteren kein Zweifel, fügte er hinzu, dass das Vorhandensein eines kleinen blauen Fleckes an der Stelle, wie beschrieben, sich mit Verletzungen decke, die durch die Lippen eines Dämons hervorgerufen werden. Alle Symptome, die auf die Betroffene zutreffen, stimmten mit denen eines anderen, ähnlich gelagerten und bestätigten Falles überein.

„Da ich mich selber als jemanden bezeichnete, der Dingen wie die Existenz von Vampiren skeptisch gegenüber stand, lieferte diese auf Übernatürlichkeit fundierte Theorie des guten Herrn Doktors meiner Meinung nach nur ein weiteres Beispiel für die Nähe der hohen Bildung und Intelligenz zum Wahnsinn. Doch ich war so verzweifelt, dass ich, besser als tatenlos zu bleiben, doch den Anweisungen im Brief folgte.

„So versteckte ich mich in der dunklen Ankleidekammer des Zimmer meiner Tochter. Ich ließ die Tür einen spaltbreit offen und wartete ab, bis sie einschlafen war. Durch den Türspalt beobachtete ich den Raum, in dem wie immer ein Nachtlicht brannte. Mein Schwert hatte ich bereits gezogen und auf der Kommode bereit gelegt. Alles entsprach den Vorschlägen aus dem Brief. Es dauerte noch eine Weile, aber dann sah ich es mit meinen eigenen Augen. Ein großes, schwarzes Objekt, schwer erkennbar, kroch, so schien es mir, über das Fußende des Bettes und legte sich über mein armes Kind, bis es ihren Hals erreichte. Dort schwoll es in ein großes, pochendes Etwas an. So nahm es Gestalt an.

„Für einen Augenblick stand ich wie versteinert da, doch dann sprang ich mit meinem Schwert in der Hand hervor. Die schwarze Kreatur zog sich blitzartig zum Fuße des Bettes zurück, glitt über den Boden und erhob sich ungefähr einen Schritt von dem Bett entfernt und starrte mich mit lauernder Wut und Boshaftigkeit an. Ich erkannte sie, Millarca. Ohne weitere Überlegung schlug ich zu; doch wie mein Schwert nieder ging, da stand sie schon unverletzt nahe der Tür. Das Grauen packte mich, ich sprang ihr entgegen, stach ein weiteres mal zu. Wieder verschwand sie und mein Säbel blieb vibrierend in der Tür stecken.

„Ich kann Ihnen gar nicht alles erzählen, was sich in dieser schrecklichen Nacht zugetragen hatte. Der gesamte Hausstand war auf den Beinen, doch der Eindringling Millarca war nirgends aufzufinden. Ihr Opfer jedoch entglitt uns schnell. Noch bevor der Morgen anbrach, verstarb meine geliebte Bertha."

Der alte General war sichtlich erschüttert. Wir fanden keine Worte des Trosts. In dem beklommenen Schweigen nahm mein Vater ein paar Schritte Abstand und begann damit die Inschriften der Grabsteine zu lesen. Der Art beschäftigt, führte ihn die Erforschung der Grabinschriften durch eine Seitentür des Kirchschiffes. Der General lehnte gegen eine Mauer und trocknete sich die Tränen und seufzte schwer. Da hörte ich bekannte Stimmen und war erleichtert. Waren es doch die Stimmen von Madame Perrodon und Carmilla, die draußen näher kamen. Ich wandte mich gerade in Richtung Torbogen, als ihre Stimmen verstummten und es auf einmal Totenstille herrschte.

In diesem Moment der plötzlichen Stille und der einhergehenden gefühlten Einsamkeit, verdunkelte durch das hohe und dichte Laubdach, das an jeder Seite über die stummen Mauern ragte, im Nachhall der soeben beendeten schrecklichen Geschichte, welche doch unweigerlich mit den erlauchten, adeligen Toten, die hier in ihren Grabkammern zwischen Staub und Efeu verwesten, verbunden war und deren Einzelheiten auf so fürchterliche Art und Weise auf mein eigenes mysteriöses Leiden passte, in diesem verwunschenen Augenblick ergriff mich ein entsetzliches Grauen und mein Herz sank ins Bodenlose. Es wähnte mir, als das ich mir die Stimmen vielleicht nur eingebildet hatte und meine Freundin nun doch nicht um die Ecke komme, um mich aus dieser tristen und unheilvollen Szene zu befreien.

Der Blick des alten Generals war auf den Boden gerichtet, die Hand gegen die Steinplatte eines zerfallenen Grabmals gestützt. Auch wenn dieser Moment nur einen kurzen Augenblick andauerte, kam er mir doch wie eine halbe Ewigkeit vor. Erwartungsvoll richtete ich mich ein wenig auf und schaute in Richtung des Eingangs.

Durch den schmalen Torbogen, über dem eine dieser grotesken Dämonengestalten wachte, welche der zynischen und grässlichen Phantasie der gotischen Steinmetze entsprungen war, erblickte ich zu meiner Freude das liebliche Gesicht und die zarte Figur meiner Carmilla, die gerade aus dem Tageslicht in die schattige Kapelle eintrat.

Das Aufeinandertreffen

Ich wollte mich erheben, um ihr zum Gruß entgegen zu gehen, nickte ihr zu und erwiderte ihr besonders bezauberndes Lächeln mit einem Lächeln meinerseits; als plötzlich mit einem Urschrei der alte Mann mir zur Seite sprang, sich die Axt des Holzfällers griff und auf meine Freundin losstürmte. Wie sie ihn erkannte, verzerrte sich ihr Gesicht in eine grausame Fratze. Es war eine augenblickliche und schreckliche Verwandlung während nur eines zurückweichenden Schrittes. Noch bevor ich aufschreien konnte, schlug der General mit all seiner Kraft zu, verfehlte sie jedoch. Carmilla hatte sich unter seinen Schlag hinweg geduckt. So unverletzt, packte sie ihn an seinem Handgelenk und für einen Moment rang er mit ihr, um sich zu befreien. Aber der General konnte die Axt nicht halten. Wie das schwere Schlagwerkzeug zu Boden fiel, war das Mädchen verschwunden.

Er stolperte gegen das Gemäuer, sein graues Haar stand ihn zu Berge und auf seiner Stirn schimmerte kalter Schweiß im fahlen Licht, so als wäre er gerade dem Tod entkommen.

Diese fürchterliche Auseinandersetzung nahm nur wenige Sekunden in Anspruch. Das Erste, an das ich mich wieder erinnern kann, ist, wie Madame Perrodon vor mir stand und ungeduldig wieder und wieder die eine Frage stellte:

„Wo ist das Fräulein Carmilla?"

Ich stammelte in etwa: „Ich weiß nicht – Ich kann es nicht sagen – Sie ging dort hinaus", und deutete in die Richtung, aus der Madame soeben eingetreten war. „Gerade eben erst, es nicht mehr als eine oder zwei Minute her."

„Aber dort stand ich doch, direkt vor dem Eingang seit Carmilla in die Kirche eingetreten ist, und sie ist mir auch nicht mehr entgegengekommen."

Aufgeregt begann sie zu rufen: „Carmilla", in jede Toröffnung und in jeden Gang und durch jedes Fenster rief sie nach ihr, doch eine Antwort blieb aus.

„Carmilla hat sie sich genannt?", fragte der General, noch immer sichtlich verstört.

„Ja, Carmilla! Meine Freundin!", bestätigte ich.

„Nun", rief er aus, „das war Millarca! Das ist die Person, die sich vor langer Zeit einmal Mircalla Komtess von Karnstein nannte. Verlassen Sie diesen verfluchten Ort, mein armes Kind, so schnell Sie können. Begeben Sie sich in die Obhut des Klerikers, bleiben Sie dort, bis wir zu Ihnen kommen. Auf! Möge Carmilla dir nie wieder begegnen. Hier wirst du sie nicht finden."

XV
Urteil und Vollstreckung

Während er sprach, kam einer der seltsamsten Menschen, die mir je begegnet sind, durch den Torbogen, durch den zuvor Carmilla gekommen und verschwunden war. Er war groß, schmalbrüstig, gebeugt und hatte hohe Schultern. Sein Gesicht war wettergegerbt und mit tiefen Furchen versehen. Er war ganz in Schwarz gekleidet und trug einen ungewöhnlichen Hut mit einer breiten Krempe. Sein langes mit grauen Strähnen durchzogenes Haar reichte ihm bis über seine Schultern. Sein langsamer, schwankender Gang ließ ihn sein Gesicht mal gen Himmel, mal zum Boden drehen und unter einer in Gold gefassten Brille trug er ein scheinbar ewiges Lächeln. Dabei schwang er seine dünnen Arme und gestikulierte abstrakt mit seinen schlanken Händen, welche in alten, schwarzen und scheinbar viel zu weiten Lederhandschuhen steckten.

„Genau der richtige Mann!" rief General Spielsdorf aus, und ging auf den Mann mit sichtlicher Freude zu. „Mein guter Baron Vordenburg, wie schön Sie hier anzutreffen, ich hatte nicht erwartet, Sie so bald wiederzusehen." Er winkte meinem Vater zu und wies dem faszinierenden, älteren Herrn, den er mit Baron ansprach, den Weg. Einmal förmlich vorgestellt, befanden sich die drei sofort in einem ernsthaften Gespräch wieder. Im Laufe dessen der Fremde ein aufgerolltes Papier aus seiner Tasche holte und es auf der verwitterten Oberfläche einer Grabplatte ausbreitete. In seiner dünnen Hand hielt er ein Federetui, mit dem er imaginäre Linien auf der Karte, die ich für einen Plan der Kapelle hielt, entlang fuhr. Dann und wann las er aus einem kleinen schmutzigen Buch vor oder sie schauten sich im Gebäude um und zeigten dabei auf markante Punkte.

Gemeinsam gingen sie, im Gespräch vertieft, in das mir gegenüberliegenden Seitenschiff. An einer vorher auf der Karte vermeintlich erkannten Stelle angekommen, begannen Sie den Gang mit Schritten abzumessen, bis Sie vor einer Grabplatte zum Stehen kamen und diese vom wuchernden Efeu befreiten, um sie genauer zu inspizieren. Dazu kratzen und klopften sie mit ihren Stöcken hier und da, bis sie sich schließlich einig waren, dass es sich um eine mit einer Inschrift versehenden Marmorplatte handelte.

Der Holzfäller, der inzwischen dazu gekommen war, half ihnen dabei, eine monumentale Inschrift mit einem eingravierten Familienwappen freizulegen. Sie stellten fest, dass es sich um die verloren geglaubte Gedenktafel für Mircalla Komtess von Karnstein handelte.

Carmilla

Der alte General, obwohl ich ihn nicht für einen besonders gläubigen Menschen hielt, hob seine Hände und richtete seinen Blick als Zeichen der Dankbarkeit gen Himmel.

„Morgen", hörte ich ihn sagen, „wird der Kommissar hier sein, und dann wird ein Verfahren entsprechend des Gesetzes eingeleitet."

Dann wandte er sich an den älteren Herren mit der goldenen Brille, schüttelte ihm die Hand und sagte: „Herr Baron, wie kann ich Ihnen nur danken? Wie können wir alle Ihnen nur danken? Sie werden die Region von einer Plage befreit haben, die die Einwohner seit über ein Jahrhundert geißelt. Dieses grauenhafte Ungeheuer ist nun, Gott sei Dank, endlich ausgemacht."

Mein Vater nahm den Fremden an die Seite und der General folgte den beiden. Mir war klar, dass er damit aus der Reichweite meines Gehör gelangen wollte, so dass er auf meinen Fall zu sprechen kommen konnte. Mehrmals sah ich, wie einer der Herren im Verlauf des Gesprächs in meine Richtung schauten.

Im Anschluss kam mein Vater zu mir und küsste mich mehrfach auf Wangen und Stirn, führt mich aus der Kapelle ins Freie und sagte: „Es ist an der Zeit zurückzufahren, wir werden aber auf dem Weg noch bei dem Priester, der nicht weit von hier wohnt, einkehren und ihn bitten, uns mit auf das Schloss zu begleiten."

Der Priester kam unserer Bitte nach und ich war froh, wenn auch unsagbar müde, als wir endlich wieder zuhause ankamen. Doch meine Freude wurde getrübt, als ich erfuhr, dass Carmilla nicht einmal eine Nachricht für mich zurückgelassen hatte. Auch wurde mir nicht erklärt, was sich genau in der Kapelle zugetragen hatte, und schnell erkannte ich,

Urteil und Vollstreckung

dass mein Vater mir dieses Geheimnis vorerst vorenthalten werde.

Carmillas unheimliche Abwesenheit ließ mir die Szene, die sich in der verfallenen Kapelle abspielte, in meiner Erinnerung um so schrecklicher erscheinen. Die Vorkehrungen für die Nacht waren einzigartig. Zwei Bedienstete und Madame sollte bei mir im Zimmer sitzen und der Geistliche sollte mit meinem Vater zusammen in der Garderobe Wache halten. Ein paar Tage später sollte mir alles klar werden.

Mit dem Verschwinden von Carmilla stellten sich auch meine nächtlichen Leiden ein.

Sicherlich haben Sie schon von diesem fürchterlichen Aberglauben gehört, der in der Steiermark, in Morawien[xxix], in Schlesien, in Türkisch-Serbien[xxx], in Polen und selbst in Russland verbreitet ist; der Glaube oder der Aberglaube, so heißt es wohl, an Vampire.

Wenn man den zahlreichen Augenzeugenberichten Glauben schenken darf, welche wohlüberlegt und unter Eid vor unzählige Ausschüssen abgelegt wurden; vor Ausschüssen, welche mit etlichen Mitgliedern von hoher Integrität und Intelligenz aus verschiedensten Ämter besetzt waren; Berichte, die mehr als viele andere Fälle die Akten der Gerichte gefüllt haben; wenn man all das in Betracht zieht, dann kann man schwerlich die Existenz eines solchen Phänomens wie den des Vampirismus leugnen.

Ich für mich jedenfalls habe noch keine andere plausible Theorie gehört, die das, was ich mit meinen eigenen Augen gesehen und was ich am eigenen Leib erfahren habe, plausibel erklärt; außer eben diesen Erklärungen, welche auf diesem uralten und oft bezeugten Glaube der Menschen aus besagten Ländern beruhen.

Am folgenden Tag wurde ein förmliches Verfahren in der Kapelle von Karnstein durchgeführt.

Das Grab der Komtess von Karnstein wurde geöffnet und sowohl der General als auch mein Vater erkannten in dem Gesicht des freigelegten Körpers ihren schönen doch so perfiden[xxxi] Gast. Ihre Gesichtszüge hatten, obwohl sie vor mehr als einhundertfünfzig Jahre bestattet wurde, einen jugendlichen Teint in den warmen Farben des Lebens. Ihre Augen waren geöffnet und aus dem Sarg entstieg kein Leichengeruch. Zwei Mediziner waren anwesend, der eine leitete die Untersuchung, der andere war von offizieller Stelle bestellt, um die wundersamen Ergebnisse zu bestätigen. Festgestellt wurden eine schwache aber spürbare Atmung und eine damit einhergehende Aktivität des Herzen. Ihre Gliedmaßen waren einwandfrei beweglich und flexibel, und das Fleisch war elastisch. Der Leichnam lag in einem mit Blei ausgekleideten Sarg und war gut sieben Zoll tief in Blut eingetaucht.

Hiermit lagen alle bekannten Anzeichen und Beweise für Vampirismus vor. Die Leiche wurde, gemäß alter Bräuche, aus dem Sarg gehoben und man trieb einen spitzen Holzpfahl durch das Herz des Vampirs, der in diesem Moment einen alles durchdringenden, schrillen Schrei ausstieß; ein Schrei gleich dem welchen ein Lebender wohl in seinem Todeskampf von sich gäbe. Anschließend schlug man ihr den Kopf ab und aus dem durchtrennten Hals floss ein Strom frischen Blutes. So dann wurden Körper und Kopf auf einen Scheiterhaufen zur Asche verbrannt, welche man so dann in den Fluss warf, auf dass sie davon getragen wurde. Seit diesem Tag wurde die Region nie mehr von Vampiren heimgesucht.

Mein Vater besitzt eine Kopie des Protokolls der kaiserlichen Kommission, welche zur Bestätigung der Echtheit die Unterschriften aller an dem Verfahren beteiligten Personen trägt. Aus diesem Dokument stammt die Zusammenfassung der Einzelheiten jener letzten schrecklichen Szene, mit der ich meinen Bericht schließe.

XVI
Fazit

Sicherlich vermuten Sie, dass ich dieses Zeugnis ruhig und gelassen niederschrieb, doch versichere ich Ihnen, dem war nicht so. Kann ich mir doch auch heute noch die damaligen Ereignisse nicht ohne größter Erregung zurück in die Erinnerung holen. Nur Ihr wiederholter und eindringlich vorgebrachter Wunsch hat mich dazu bewogen, mich dieser nervenaufreibenden Aufgabe zu widmen und den Schatten dieses schwer beschreibbaren Grauens wieder heraufzubeschwören. Jenes Grauen, welches mich noch Jahre nach meiner Erlösung aus seinen Fängen Tag und Nacht verfolgte, und mir das Alleinsein für eine noch viel längere Zeit unerträglich gemacht hatte.

Erlauben Sie mir, noch ein oder zwei Worte über diesen kuriosen Baron Vordenburg hinzuzufügen, dessen Wissen über die merkwürdigen Überlieferungen wir es verdanken, dass wir das Grab der Komtess Mircalla so schnell und rechtzeitig entdeckt haben.

Dieser Baron Vordenburg hatte seinen Wohnsitz in Graz, wo er von einer kargen Rente, welche ihm von den einst fürstlichen Besitztümern seiner Familie aus der Oberen Steiermark geblieben war, ein bescheidenes Leben führte.

Dort widmete er sich der Erforschung und der Dokumention der erstaunlich gut belegten Geschichte des Vampirismus. So hatte er all die großen und kleinen Werke zu diesem Thema in seinem Besitz; „*Magia Postuma*[xxxii]", „*Phlegon de Mirabilibus*[xxxiii]", „*Augustinus de cura pro Mortuis*[xxxiv]", „*Philosophicae et Christianae Cogitationes de Vampiris*" von Johann Christopher Herenberg und unzählige andere Werke, von denen mir nur wenige, welche er meinem Vater geliehen hatte, in Erinnerung geblieben sind. Aus einer umfangreichen Sammlung bestehend aus Akten zu Gerichtsverfahren konnte er eine Art Maßnahmenkatalog erstellen, mit dessen Hilfe man Vampire erkennen und derer Herr werden konnte. Nebenbei erwähnt, ist die elegante Blässe, die dieser Art Wiedergänger zugeschrieben wird, eine rein melodramatische Fiktion. Sie erscheinen, sowohl in ihrem Grab als auch wenn sie unter uns wandeln, vollkommen gesund. Werden ihre Leichname aus dem Sarg ans Tageslicht befördert, dann weisen sie all die Merkmale auf, die im Falle der Komtess von Karnstein aufgezählt wurden.

Zugegebenermaßen ist bis heute ungeklärt, wie sie für einige Stunden am Tag aus ihrem Grab entkommen können ohne dabei eine Spur im Erdreich, an ihrem Sarg oder an ihrem Totengewand zu hinterlassen. Diese doppelte Existenz ist dem Vampir nur möglich, wenn er an jeden Tag in seinen Sarg zurückkehrt, um dort zu ruhen. Dabei werden die Kräfte, die es einem Wiedergänger ermöglichen wiederaufzuerstehen, von der schrecklichen Lust auf das Blut der Lebenden genährt. Vampire neigen mitunter dazu einen faszinierenden Hang für bestimmte Personen zu entwickeln, welcher in etwa der Leidenschaft der Liebe oder des Begehrens sehr ähnelt. Um diesem Hang nachzugehen, entwickeln sie eine nahezu unerschöpfliche Geduld und bedienen sich

Fazit

einer jeder List, um Zugang zu dem Objekt ihrer Begierde zu erlangen. Nichts kann sie dann stoppen, bis die Gier gestillt und das Opfer des Lebens beraubt ist. Oft verzögern sie dabei ihr mörderisches Vergnügen mit der Raffinesse eines Genießers und erhöhen ihre Lust, in dem sie sich der Person ihres Interesses nur langsam, schrittweise annähern und es kunstvoll umwerben. In diesen Fällen erscheint es, als dass sie sich nach Sympathie und Zustimmung sehnen. In gewöhnlichen Fällen aber gehen sie wesentlich direkter vor, überwältigen das Opfer, erwürgen es und saugen es im Blutrausch aus.

Offenbar unterliegen Vampire in bestimmten Situationen besonderen Bedingungen. So bedürfen sie eines Bezugspunktes. In dem Fall der Mircalla war es wohl ihr Name, an den sie gebunden war. Wenn auch sie ihren Namen ändern konnte, so muss er jedoch immer ein Anagramm ihres eigentlichen Namens darstellen, der Art dass dabei kein Buchstabe oder Laut ausgelassen oder hinzugefügt wurde. So wurde sie zu Carmilla oder zu Millarca.

Mein Vater erzählte dem Baron Vordenburg, der nach der Austreibung Carmillas noch für zwei bis drei Wochen bei uns als Gast verweilte, die Geschichte des moravischen Edelmannes und dem Vampir in Karnstein, und wollte wissen, wie der Baron denn die genaue Lage des Grabs der Komtess von Karnstein so schnell hatte finden können. Das grotesk anmutende Gesicht des Baron leuchtete mit einem geheimnisvollen Lächeln auf, als er die Geschichte zweiter Hand erzählt bekam. Er schaute zu Boden und noch immer lächelnd reinigte er seine Brille. Als er wieder aufsah, sagte er: „Ich bin im Besitz von zahlreichen Berichten und anderen Papieren, allesamt von einem äußerst bemerkenswerten Mann verfasst, und die seltsamste dieser Schriften ist, ein

Bericht über seinen Besuch in einem Ort namens Karnstein. Der Ort, welchen ich aufgrund dieser Schriften aufsuchte. Eine nachträgliche Niederschrift ist natürlich immer etwas ausgeschmückt und verzerrt. Nun dieser Mann, der Verfasser des Berichtes, konnte durch aus als moravischer Edelmann bezeichnet werden, hatte er doch seinen Wohnsitz nach Moravia verlegt und war indes auch ein Adliger. Allerdings stammte er gebürtig aus der Steiermark. Darüber hinaus war er in seiner frühen Jugend leidenschaftlich in eine junge Dame verliebt, in die junge Komtess von Karnstein. Ihr frühes Ableben stürzte ihn in untröstlichen Kummer. An dieser Stelle muss ich Ihnen erklären, dass es in der Natur der Vampir auch das Prinzip der Vermehrung gibt, welche allerdings ihrerseits gespenstigen Gesetzen unterliegt.

„Nehmen wir eine Region, die zu Beginn, frei von der Pest ist. Wie kommt diese dort hin? Wie kann sie Fuß fassen und sich vermehren? Ich werde es Ihnen sagen. Eine Person aus mehr oder minder boshafter Absicht nimmt sich das Leben. Selbstmörder können unter bestimmten Umständen zu Vampiren werden. Ein solcher Eindringling befällt dann die Lebenden im Schlaf; diese sterben und werden ihrerseits in ihrem Grab zu Vampiren. Dies ist der schönen Mircalla widerfahren, die von einem dieser Dämonen heimgesucht wurde. Mein Vorfahr, Baron Vordenburg, dessen Titel ich trage, hatte all das entdeckt und fand im Laufe seiner Studien, denen er sich fortan widmete, noch mehr heraus.

„Unter Anderem, erkannte er, dass der Verdacht des Vampirismus früher oder später auch auf die verstorbene Komtess fallen werde, das Mädchen, welches er in seiner Jugend so sehr geliebt hatte. Der Gedanke an das, was den Überresten seiner Geliebten in Verlauf der Exhumierung angetan werde, war für ihn, unabhängig davon was aus ihr geworden war, unerträglich. So hatte er doch ein merkwürdiges Schreiben in seinem Besitz, aus dem hervorging, dass davon auszugehen war, dass einem Vampir, einmal aus seiner doppelten Existenz als Untoter verbannt, ein weitaus schrecklicheres Nachleben in Aussicht stand. Deshalb beschloss er, seine einst geliebte Mircalla vor diesem Schicksal zu bewahren.

„Er ersinnte diese Reise hierher und täuschte die Austreibung und Entfernung ihrer Überreste vor und mit der tatsächlichen Vernichtung ihres Denkmals erhoffte er sich, dass sie in Vergessenheit geraten werde. Im Alter jedoch, seinem Lebensabend nahe, sehr wahrscheinlich in einem anderen Geiste und mit mehr Abstand wurde ihm gewahr, welch Unheil er angerichtet hatte. So hinterließ er ein Geständnis über seine Täuschung mit genauen Anweisungen, wo das tatsächliche Grab der Komtess zu finden sei. Wenn er weitere Schritte geplant hatte, um seinen Fehler von damals wieder gut zu machen, so hat der Tod ihn davon abgehalten; und so lag es an einem entfernten Verwandten das Werk, wenn auch für viele zu spät, zu vollenden und das Grab der Bestie aufzufinden."

Das Gespräch ging noch ein wenig weiter und unter anderem sagte er: „Ein Merkmal der Vampire ist ihre immense Kraft und Schnelligkeit. So war es der schlanken Hand der Mircalla möglich wie ein eiserner Schraubstock das Handgelenk des Generals zu packen, als dieser versucht hatte, sie mit dem Beil zu erschlagen. Doch es ist nicht nur die physikalische Kraft in ihrem Griff, sondern auch etwas übernatürliches, was in dem ergriffenen Gliedmaße ein Gefühl der Taubheit zurücklässt, von welchen man sich, wenn überhaupt, nur langsam erholt."

Carmilla

In dem darauffolgenden Frühling nahm mich mein Vater mit auf eine Reise nach Italien. Dort blieben wir für über ein Jahr und es brauchte noch länger als das, bis ich über die Schrecken jener Zeit hinweggekommen bin. Nun in dieser Stunde kommt mir das Bild meiner Carmilla mit zweideutigen Eindrücken zurück zu mir – mal die verspielte, mal träge wunderschöne und laszive Geliebte, dann aber die entstellte Fratze eines Ungeheuers, welches ich in der Kirchenruine von Karnstein gesehen habe. Oft kommt es mir vor, wenn ich aus meiner Träumerei aufschrecke, die leichten Schritte Carmillas hinter der Tür gehört zu haben.

Anmerkungen

i **league, the** – dt. Leuge, die
Im Original wird die Distanz in „leagues" angegeben.
Aus dem Keltischen ins Lat. *leuga,* tatsächlich ist die
Distanz, die ein Mensch zu Fuß in einer Stunde ungefähr
zurücklegen kann, gemeint. Im engl. Sprachgebrauch
3 Meilen; ca. 5,5 Km

ii **Phantasmagoria, die** – auch Phantasmagorie
In den Rauch o. Nebel projizierte Bilder, die übernatürliche Erscheinungen suggerieren sollen

iii **Pittoreske, das** – Substantivierung von pittoresk
malerisch, bildhaft schön
Im Original heißt es „the picturesque"

iv **William Shakespeare**
Der Kaufmann von Venedig; Akt 1; Szene 1

v **Equipage, die**
Gespann (Kutsche), im Kontext der Jagd die Jagdbegleitung, Meutenführer und Bläser.

vi **Rappe, der**
schwarzes Pferd

vii **Cortège, das** – auch Kortege
Gefolge; Zug; Geleit; Geleitzug; Umzug; Prozession
aber auch Trauerzug oder Leichenzug

viii **Gobelin**
Wandteppich, Bildwirkerei, Tapisserie
Eigentlich der Familienname einer Färber-Familie, die
die Tapisserie über mehrere Generationen entwickelt und
geprägt hat. Nach ihrem Namen sind die Wandteppiche
aus der Gobelin-Manufaktur und das XIIIième Arrondissement in Paris benannt.

ix **Kleopatra** mit der oder den Viper/n an der Brust
Der antiken Legende nach beging K. Selbstmord, indem
sie sich von einer Aspis (griech. für
Viper, Giftschlange der Nil-
Region) hat beißen lassen. Über
die Verbindung zwischen K. und
Carmilla, lesen Sie diesen engl.
Blogbeitrag:

x **konziliant** – Adjektiv
umgänglich, versöhnlich, entgegenkommend, gefällig
xi **im Original: westlich**
Le Fanu schreibt die Novelle in Irland und verlegt die Handlung in ein für seine Leser zwar bekanntes aber unvertrautes Land. Deutschsprachigen Lesern ist aber die Geographie Österreichs und seiner Nachbarn geläufiger. Der Ursprung des Vampir-Glaubens ist unbekannt, wird jedoch im südosteurop. Raum vermutet. Deshalb fand ich es angebracht die Himmelsrichtung an dieser Stelle zu „korrigieren". Über den Mythos, den Glaube und die Geschichte der Vampire und Werwölfe (li. QR-Code) und über die Mutter aller weibl. Vampire (re. QR-Code) lesen Sie hier mehr:

Es existiert allerdings auch noch die Theorie, dass Laura, Dr. Hessilius und Carmilla Pseudonyme echter Person sind und nach dieser Theorie, ist Carmilla möglicherweise Marcia Marén, span.-cuban. Abstammung, damit ließe sich ein fernes westliches Land erklären. Siehe: *Carmilla – Clockwork Edition, „You Are Mine: Obsession, Odylic Influences, and LeFanu's Carmilla"* von Carmen Maria Machado; ISBN 978-1941360385
xii **Laterna Magica, die**
Ein im 17. bis 20. Jh weitverbreiteter Projektionsapparat.
xiii **Umpyr, der** – Kunstwort
Vampir, Blutsaugendes Fabelwesen oder Dämon mit animalischen Bezug, meist Fledermäuse, hier Katzen. Im Original wird „*oumpire*" verwendet, und soll wohl lautmalerisch an das Wort „*vampire*" anlehnen. Die etymologische Herkunft des Wortes Vampir ist unklar (siehe xi)
In den romanischen Sprachen gibt es den *vampiro,* in den baltischen Sprachen *vampir*, in den skandinvischen Sprachen *vampyr*; unsere Geschichte spielt in dem Viel-

völkerstaat Österreich-Ungarn, so kann man sich zwischen dem serbischen *lampir, lapir, upir* oder dem böhmischen *dhampir*, dem slowakischen upir oder dem ukrainischen *upyr* entscheiden. Die Wahl fiel auf ein Kunstwort Umpyr, was der Stimmung und dem Original doch am nächsten kommt.

xiv **Ahle, die**
Auch Pfriem oder Vorstecher. Ein einfaches Stechwerkzeug zum Erstellen oder Weiten von Löchern in verschiedenen Materialien.

xv **de Buffon**, Georges-Louis Leclerc † 1788
franz. Naturforscher der Aufklärung

xvi **Hippogryph, der** – auch Hippogreif o. Hippogriff
Fabelwesen, ein geflügeltes Pferd in der griech. Mythologie ist das geflügelte Pferd *Pegasos*; Kind des Gottes Poseidon und der Gorgone Medusa.

xvii **Comtesse, la / Komtess, die / Gräfin, die**
la comtesse franz. für Gräfin
Wird im Orig. das franz. comtesse benutzt, so wird es übernommen (Kap. X & XI, in der Erzählung des Generals), wird im O. das engl. *countess* verwendet, wird (mit Ausnahme im Bezug auf die junge Adelige von Karnstein) der deut. Titel *Gräfin* benutzt. Komtess wurde im deut. insb. österr.-ungar. Reich als Anrede für eine junge unverheiratete Adelige verwendet, zutreffend für den Titel der Dame in dem Gemälde.

xviii **Zoll, der** – auch Daumenbreit, das
Im angelsächsischen Sprachraum verwendete Maßeinheit; engl. inch; aus dem Lat. Unica, das Zwölfte eines Fußes, zusammen mit Spanne, Elle, Fuß, Schritt u.A. ein auf körperliche Distanzen bezogene Längenangabe. Noch im tech. Kontext in Gebrauch.

xix **Avernus** – Eigenname
Im Orig.: *„It was very near the turning point from which began the descent of Avernus."* A. ist der Krater eines erloschenen Vulkans in der Nähe von Cumae, Kampanien, Italien. In der Antike galt er als Eingang zur Hölle, vgl. „Aeneis" von Vergil (70–19 v. Chr.) Es ist also der Abstieg in die Hölle gemeint.

xx **Hirschhornsalz, das**
Salz, das usprl. durch Destillation aus geraspeltem „Hirschhorn" gewonnen, woher auch der Name stammt. Früher wurde es außer als Backtriebmittel auch perfümiert als mildes Riechsalz verwendet.

xxi **Auslucht, die**
Mit Fenstern ausgestatteter Vorsprung aus der Gebäudefront als Teil des Innenraumes.

Auslucht Innenansicht, Strichzeichnung von Pearson Scott Foresman;

Quelle: https://commons.wikimedia.org/wiki/File:Bay_window_(PSF).png

Im Original wird von „*recess of one of the windows*" gesprochen, was mit „*Aussparung eines der Fenster*" wohl am treffendsten übersetzt werden kann, da sich aber zwei „sich fremde" Menschen in dieser Aussparung gegenüber stehen können, fand ich die Auslucht passender.

xxii **Portmanteau, der**
Aus dem franz. le portemanteau, plural les portemanteaux Ein großer, geräumiger und robuster Reisekoffer, der sich in zwei gleichgroße Hälften öffnen lässt, u.U. so groß ist, dass er aufrecht stehend hängende Mäntel (daher der Name) aufnehmen konnte. Heutige Bedeutung im franz. ist Kleiderständer o. Kleiderbügel.
Fun fact: P. ist nicht nur ein Kofferwort aus *porter* und *manteau*,sondern auch der Fachbegriff für „Kofferwort". Zurückgehend auf eine Erklärung von Humpty Dumpty aus der ein Jahr früher erschienenen Erzählung „*Through the Looking-Glass, and What Alice Found There*" von Lewis Carrol, 1871.

xxiii **Hain, der**
Ein kleiner, lichter Wald, Gehölz, Wäldchen oder Baumgruppe. Aus dem Mittelhochdeut. abgeleitet von *hagen* für „hegen", ein gehegter, gepflegter Wald.

xxiv **Duenja, die**
Anstandsdame, weibl. Aufsichtsperson; aus dem
Spanischen: *dueña* für Herrin.
Orig. „*accompanied her as a chaperon*", im deut.
hat Chaperon aber grammatikalisch das männliche
Geschlecht, und das weibl. Pendant ist die Duenja.

xxv **Bertha Rheinfeldt**
Der Name des verstorbenen Frl. Rheinfeldt wird im
Orig. nur im zweiten Kapitel „*Ein Gast*" genannt. In der
Erzählung eines nahen Verwandten ist sehr verwunderlich, dass er mehrfach erwähnt, dass sie sein Mündel
ist, sie aber nicht bei ihrem Namen nennt. Spätestens
an dieser Stelle wollte ich ihren Namen zurück in Erinnerung holen u. habe ihn im folg. mehrfach eingebaut.

xxvi **Deutschland / Deutsche Länder**
Im orig. Text fragt General Spielsdorf, ob die Dame
französisch oder deutsch sei. Die Novelle wurde 1872
veröffentlicht und zeitgenössisch erzählt und in dem
fiktiven Vorwort über die Akte des Dr. Hesselius wird
gesagt, dass Laura bereits verstorben ist. Je nachdem in
welchem Alter Laura verstorben ist, spielt die hier von
ihr erzählte Geschichte nicht nach 1871. Das „Deutsche
Reich" wurde aber erst 1871 nach dem Deutsch-Franz.
Krieg 70/71 gegründet. Das Konzept eines vereinten
Deutschen Reiches gab es zwar schon vorher, aber ein dt.
Aristokrat oder ein der dt. Aristokratie nahestehender
General, hätte – in meinem Verständnis – a) den Dialekt
erkannt und b) nach Preußen, Sachsen, Bayern oder einer
anderen Region gefragt. Deshalb steht hier mein Vorschlag der „*deutschen Länder*".

xxvii **Hautevolee, die**
Aus dem franz. die High-Society, die gehobene Gesellschaft, meist mit einer abwertende Konnotation.

xxviii **Morgentoilette, die**
Körperreinigung, -pflege und Ankleide am Morgen.
Auch die Bezeichnung der Kleidung die am Morgen von
Frauen getragen wird (veraltet).

xxix **Moravia,** auch Morawien
Ehemalige Bezeichnung für die Region Mähren im Osten
der heutigen Tschechischen Republik.

xxx **Türkisch-Serbien**
In österr. Quellen des 17. Jh. die moslemisch geprägten Länder Serbiens, im Gegensatz zu Alt-Serbien, u.A. der Kosovo und Metochien.
xxxi **perfide** – Adjektiv
niederträchtig, verschlagen, hinterhältig, gemein.
Von dem lat. *perfidus*: treulos, niederträchtig.
xxxii **Magia Postuma** – lat. Totenzauber
Gemeint sind hier gesammelte Schriften und Berichte des 18. u. 19. Jh. zu dem Themengebiet der Wiederkehrer und Untoten. Dazu ein interessanter Podcast:

xxxiii **Phlegon de Mirabilibus**
Das Buch der Wunder von Phlegon von Tralleis, † 137 a.D., Buntschriftsteller und Hofbeamter des röm. Kaisers Publius Aelius Hadrianus † 138 a.D.
xxxiv **Augustinus de cura pro mortuis**
Buch über die Vorsorge / Fürsorge der Toten. Ins Deutsche von Vitum Miletum (Veit Milet, kath. Theologe und Hochschullehrer), Mainz 1604.

Hinweise zur Übersetzung

Übersetzungen sind auch immer Interpretationen. Der hier vorliegende Text und die Anmerkungen erheben keinerlei Anspruch auf Vollständigkeit oder Richtigkeit, im Gegenteil wurden doch kleine Änderungen, Ergänzungen oder Auslassungen zum besseren Verständnis und zur besseren Lesbarkeit vorgenommen. Dies ist demnach nur eine Interpretation des englischen Originaltextes.

Die in den Anmerkungen aufgeführten Informationen spiegeln ausschließlich das Wissen und die Meinung der Übersetzerin wider. Die über die QR-Codes eingebundenen oder im Buch ausgeschriebenen Links unterliegen der volatilen Natur des Internets. Eine Gewährleistung ihrer Funktionalität und der zum Zeitpunkt eines zukünftigen Besuches vorliegenden Inhalte kann nicht gegeben werden.

DYOR (do your own research)

Quellen- und Bildnachweis

Englische Grundlage der Übersetzung:

https://en.wikisource.org/wiki/Carmilla

Coverdesign: Ausschnitte und Modifikationen der unter der Pexels-Lizenz veröffentlichten Fotos von Anna Avilova:

https://www.pexels.com/photo/4843625/

und von Eva Elijas:

https://www.pexels.com/photo/7598668/

Seite 136: AI generiertes Portrait:

„Mircalla, Komtess von Karnstein, a.D. 1698"

*Mircalla
Contess von Carnstein
a. D. 1698*